Simone Roncucci

IL PRESCELTO

Youcanprint *Self-Publishing*

Titolo | Il prescelto
Autore | Simone Roncucci

ISBN | 978-88-91165-67-1

Youcanprint Self-Publishing
Via Roma, 73 – 73039 Tricase (LE) – Italy
www.youcanprint.it
info@youcanprint.it
Facebook: facebook.com/youcanprint.it
Twitter: twitter.com/youcanprintit

A coloro che hanno
subìto sulla propria pelle
l'evolversi della storia.

§

La valigia di pelle sopra il letto attendeva ulteriori abiti: un intero guardaroba da portare con se per quella visita al campo di concentramento di Auschwitz che attendeva Conrad il giorno successivo presto, all'alba.

"Ecco dovrebbe esserci tutto" pensò tra se e se mentre, con un ginocchio poggiato sopra al borsone compagno di mille avventure, si accingeva a chiudere la dura cerniera leggermente arrugginita dal tempo e dall'usura.

Il classico rumore della chiusura ricordò quello del suo stomaco che brontolava per la fame; erano ormai le venti in quella casa colonica della Toscana un po' troppo grande per lui.

Conrad Palet era un uomo sui quarantacinque anni, alto un metro e settantacinque, barba incolta, e che amava vestirsi con jeans, scarpe sportive, impermeabile sdrucito dal tempo e un largo cappello nero di lana a rendere più misteriosa la figura sinistra del suo essere single.

La colonica in cui abitava era la casa dei suoi genitori che al momento della loro morte divenne il suo nascondiglio dal mondo, diventato troppo "rumoroso".

Andò in cucina: il fuoco del camino scoppiettava simultaneamente con quello della cucina a legna dove, su di un tegame di alluminio vecchio di anni e anni, stava finendo di cuocere una zuppa di pane e funghi, una ricetta tramandata da generazioni.

Era il piatto preferito che sua madre preparava con amorevole cura e capacità, la domenica a pranzo quando, dopo una settimana di lavoro nel paese, alzatasi di buon mattino, preparava deliziose pie-

tanze riunendo così in quella giornata di ritrovo e di festa la fami-
glia, composta oltre che dai genitori di Conrad anche da suo fratello
John, di qualche anno più grande, che viveva oltre oceano a New
York con la propria famiglia.

Conrad prese un tovagliolo di cotone per prelevare il tegame dal
fuoco.
Il delizioso odore della zuppa fumante pervase la cucina, si sedette
su di una sedia di paglia intrecciata, prese un bicchiere di vino, mise
un frutto accanto al piatto e cominciò a consumare il suo pasto.
Una cenetta leggera per un necessario sonno ristoratore. Conrad
partecipava spesso a visite organizzate in luoghi dove la storia
aveva segnato i destini e i sogni dell'umanità di tutti i tempi. Era un
vero amante della storia, la cui enorme curiosità
lo rendeva un personaggio a volte sinistro e misterioso.
L'indomani sarebbe stata una giornata dalla sveglia all'alba e di un
lungo viaggio verso la Polonia, precisamente in un luogo a sessanta
chilometri da Cracovia: Oświęcim in tedesco Auschwitz.
Finito di cenare e risistemata la tavola, si sedette un attimo per una
pausa digestiva di fronte al fuoco acceso: il peso dei tronchi più
grandi, bruciando, piegava la volontà di ardere di quelli sotto, più
piccoli, illuminando la cucina di un colore rosso ambra, dove Conrad estasiato dalla forza e dal calore del fuoco si era assopito, portando la mente su un aura superiore bianco celeste che rendeva i
pensieri leggeri come nuvole all'orizzonte.
Un brivido sulle spalle. Un senso di freddo sorprese Conrad come
un tuono in una notte d'estate.
Si svegliò. Il fuoco ormai spento aveva salutato la cucina infran-
gendo i propri sogni di illuminare la stanza come fossero state onde
che si polverizzano sugli scogli.
Indolenzito dalla posizione non certo confortevole della seduta di
paglia intrecciata, Conrad si alzò goffamente per dirigersi in camera
da letto. Era tardi, "meglio andare a dormire" pensò.

La camera, con il rumore dell'interruttore della luce apparve: un letto matrimoniale di legno pregiato con un motivo floreale a bassorilievo, due comodini decorati allo stesso modo, un armadio, ed un comò, su di cui erano sistemate con cura foto ingiallite dei suoi cari ed oggetti vari.

Si spogliò gettandosi sul materasso e si coprì con una trapunta che lo avrebbe scaldato durante la notte come un piccolo uccello nel proprio nido.

Il sonno tardò a pervadere il corpo di Conrad: i pensieri, veloci come auto che corrono sull'asfalto interminabile di un autostrada, affollavano la sua mente, risvegliando in lui forti emozioni, facendogli battere forte il cuore.

Il chiarore della luna filtrava dai vetri della finestra, illuminando il letto disfatto dal continuo agitarsi di Conrad.

Poi, ad un tratto tutto svanì.

Quei pensieri e quelle emozioni cessarono di correre nella sua mente, adesso sembrava di vivere sospesi a mezz'aria. Sogni eterei, leggeri ma con poca luce fece Conrad quella notte. Voci, tante voci udì la mente ma, cosa dicessero e da dove venissero non ne aveva la minima idea.

Quel mondo etereo ma tristemente buio, quelle voci che affannosamente egli udiva, erano parte integrante di quel sogno che, con forza, gli aveva riacceso quelle emozioni poco prima assopite.

Lo sbattere di una persiana colpita da un colpo di vento, svegliò di soprassalto Conrad: il buio era ancora li, avvolgeva tutto: il letto, la camera e lui stesso. Allungando una mano accese la luce: tutt'intorno sembrò risvegliarsi; la tenue luce penetrò negli angoli più nascosti di quella stanza esplodendo come una bomba di pura energia.

Si alzò dal letto senza neppure scostare le lenzuola che, arruffate, sembravano anch'esse reclamate dal forte vento.

La persiana sbatté di nuovo.

Con non poca fatica si mise in piedi, per un attimo tutto sembrò girare. Le palpebre pesanti si dovettero abituare loro malgrado a rendersi più leggere.

Accennando uno zoppichio e sorreggendosi con le mani, Conrad si avviò verso il salotto dove, ancora, la persiana ricordava la sua presenza.

Aprì la finestra: il vento scosse Conrad svegliandolo ancora di più. Gli alberi, con i loro rami mossi dalla natura, sembravano salutarlo; una bottiglietta di plastica lasciata sul gradino di casa girovagava senza sosta ne fatica sulla nuda terra, sbattendo dove capitava e riprendendo sempre la sua forsennata corsa; la luna, che con la sua luce illuminava l'orizzonte lontano creando ombre e figure sinistre, guardava in silenzio Conrad: un silenzio così forte da dare quasi fastidio. Solo il rumore del vento percepiva. Ma quello non disturbava affatto. Anzi.

Afferrò saldamente la persiana chiudendola con un rumore deciso. Il secondo rumore fu quello della finestra che, chiudendosi, sembrò voler lasciare fuori e da sola la persiana che adesso sembrava ringraziare per non essere più violentata dalla furia degli elementi.

Nel ritornare verso camera, un forte senso di sete pervase Conrad.

Si avviò verso la cucina e dopo aver acceso la luce prese un bicchiere e s'indirizzò verso il rubinetto, lo riempì di acqua fresca e con un impreciso ma rapido sorso, fece terminare velocemente quel passaggio alla vita terrena, di quel liquido forse un po' troppo fresco per quell'ora notturna.

Lasciò il bicchiere capovolto ad asciugarsi dall'acqua, spense e si diresse in camera. Il letto, disfatto com'era, sembrava avere ancora più anni di quelli che avesse. Con fare deciso si sdraiò mentre la luce cessò di nascondersi negli angoli della stanza.

Giratosi su un fianco Conrad rientrò nel suo sogno avvolto dall'oscurità.

Il mattino seguente arrivò con il canto del gallo e il rumore lontano del rintocco di una campana.

Aprì gli occhi. Il colore rosso-arancio dell'alba aveva scacciato le tenebre; si alzò allungando le braccia di lato come volesse toccare le pareti della stanza dalla posizione in cui si trovava.

Andò in sala da pranzo e dopo aver sistemato le legna ad arte nella propria cucina economica e preparato il caffè nella moka si diresse in bagno per una veloce doccia che lo svegliò completamente. Non appena il caffè fu pronto tolse la moka dal fuoco, prese il bicchiere ormai asciutto, e si versò il nero e fumante liquido.

Vi sciolse una punta di zucchero e aprì la finestra per ammirare fuori; scorse i rami, che durante la notte lo avevano salutato, adesso immobili accoglievano coppiette di tortore e usignoli che felici cinguettavano a salutare l'albeggiare del giorno. Contemplando le trasparenze del suo caffè lo sguardo cadde giù. Lì, dove nella notte appena conclusa la bottiglia correva spensierata, adesso c'erano soltanto foglie secche e arruffate.

Sentì nel cuore un leggero senso di tristezza e rimpianto per la perdita di quella compagnia avuta nella notte.

D'altronde ad ognuno il proprio destino.

Bevve l'ultimo sorso e tornò in camera a vestirsi, chiuse con cura le finestre e, rifatto il letto, prese la valigia preparata la sera prima.

Uscendo, la serratura produsse il suo classico rumore metallico che preannunciava un periodo di solitudine.

Uscì.

Aperta la porta del garage, salì sulla sua autovettura: una vecchia Fiat 500 di colore rosso sbiadito di proprietà del padre, ma che ancora viveva ostentando degli sprint accompagnati da un gagliardo rumore di marmitta.

Accese il motore e ingranando la marcia partì in direzione della stazione ferroviaria della sua città.

La stazione era il ritrovo dei partecipanti ad una gita al campo di concentramento di Auschwitz. Almeno una volta l'anno, essendo un amante della storia e delle vicende che l'hanno segnata, programmava una visita in quei luoghi dove la storia aveva lasciato tracce indelebili del suo passaggio.

Quel viaggio era dedicato alla visita di Auschwitz, un luogo dove, più di ogni altro, la pazzia umana superò ogni limite.

Alle sei e mezza in punto quando il ritrovo era ormai completato lo sferragliare del treno preannunciò l'imminente partenza per la Polonia.

Conrad si diresse, insieme ai suoi compagni d'avventura che per lo più erano persone sulla cinquantina e qualche giovane delle scuole, all'interno della stazione in attesa che si aprissero le porte dei vagoni.

Un rumore pneumatico fece scorgere, d'un tratto, l'interno del suo vagone, salito tre scalini e svoltato sulla sinistra cercò il suo posto fra file di poltrone affiancate due a due che si guardavano nel loro velluto celeste, i finestrini laterali davano sull'interno della stazione osservando i viaggiatori salire sul treno; un lungo e stretto corridoio conduceva, passata una porta, ad altre carrozze.

Trovato il suo posto sistemò la valigia nel porta bagagli e si accomodò nella poltrona di fianco al finestrino, non avendo nessuno di fronte a lui allungò le gambe per godersi il viaggio in pieno relax.

Dopo qualche istante mentre il controllore verificava i biglietti obliterati dal responsabile della gita il treno cominciò a muoversi: il paesaggio tutto attorno cominciò a cambiare mostrando ora strade in lontananza ora colline punteggiate da alberi dimenticati.

"Quasi quasi mi appisolo un po" pensò Conrad. Si sistemò ancora più confortevolmente nella sua poltroncina, chiuse gli occhi e, dondolato dal movimento del treno, si addormentò. Il sonno che lo rapì era diverso dal solito: l'accogliente vagone del treno, con il suo dondolio, portava la sua mente a quando, da piccolo, veniva coccolato da sua madre davanti al camino acceso e la legna scoppiettante ardeva nella cucina.

Una vita soave di tanti, troppi anni prima.

L'improvvisa oscurità di una galleria fece sprofondare i sogni di Conrad in un inferno Dantesco, prima gli alberi che con i loro rami secchi sembravano consigliare di tornare indietro, poi il buio della galleria e le luci tenui e sfocate della carrozza a ricordare vagamente le luci di un camposanto.

Sembrava davvero l'entrata per l'inferno. Dopo pochissimo tempo, come d'incanto arrivò la bianca luce della steppa e le sue infinite distese di nulla.

Conrad fu svegliato da un leggero scossone del treno, si rizzò in piedi aiutandosi con la mano, distese la sua schiena dolorante e prese la valigia.

Lentamente la comitiva prese ad affluire fuori dai vagoni.

Una forte emozione colpì il cuore degli amici del gruppo: alle loro spalle il treno, ancora fresco di un lungo viaggio, e di fronte a loro il campo di concentramento. D'un tratto ebbero l'impressione di essere nuovi deportati, anche se capire perfettamente ciò che quegli ebrei provarono sulla propria pelle non sarebbe mai stato chiaro per nessuno.

Si diressero all'ingresso del campo dove sul cancello in ferro battuto troneggiava una frase:"Arbeit macht frei".

Il lavoro rende liberi.

D'un tratto scorsero in lontananza una figura minuta dal fisico asciutto e nodoso che si avvicinava verso di loro accarezzandosi dei folti baffoni alla montanara. Quel viso scarno, tipicamente nordico sarebbe stata la loro guida in quel viaggio a ritroso nel tempo per ricordare e vivere gli orrori dello sterminio.

Fryderyk, questo il nome della guida, si presentò al responsabile del gruppo parlando un perfetto italiano, affinato da anni di permanenza in Italia per studi universitari.

Distribuì ad ogni partecipante alla visita, degli opuscoli/guida in italiano e inglese, dove in maniera sintetica e molto illustrata, venivano descritti punti di interesse, bagni ed uscite.

Iniziarono la visita.

Per prima cosa, la guida, disse che esistevano due Auschwitz: l'Auschwitz uno e l'Auschwitz due.

La differenza tra le due era che l'Auschwitz uno è dove i nazisti aprirono il primo campo per uomini e donne, dove eseguirono i primi esperimenti con lo Zyklon B per uccidere i detenuti, dove uc-

cisero il primo trasporto di Ebrei, dove condussero i primi esperimenti criminali sui prigionieri, dove vennero eseguite la maggior parte delle fucilazioni, dove era situata la prigione principale del Blocco 11 e l'ufficio del comandante. Da qui l'amministrazione del campo progettò le ulteriori espansioni del campo di concentramento.

Per quanto riguarda l'Auschwitz due: il Birkenau è dove ogni cosa venne realizzata in grande. Qui i nazisti eressero la maggior parte delle macchine per lo sterminio di massa con le quali uccisero circa un milione di ebrei d'Europa. Fù inoltre il più grande campo di concentramento, composto da 300 baracche la maggior parte delle quali di legno. Poteva ospitare centinaia di migliaia di prigionieri allo stesso tempo ed in esso sono ancora visibili stanze piene di cenere umana.

La vastità degli spazi, le primitive baracche per i prigionieri, le rovine delle strutture danno il senso di quello che non può essere tradotto in parole: l'infinita crudeltà di cui sono capaci gli esseri umani.

Tra i campi di Auschwitz I e Auschwitz II c'erano tre chilometri di distanza percorribili attraverso la "Interest Zone" dove erano situate le fabbriche tedesche, i negozi, gli uffici, i magazzini e le strutture ausiliarie per il campo durante l'occupazione, dove i prigionieri lavorarono e morirono.

Proseguendo la visita, Conrad si soffermò a guardare le torri di guardia; aprì il volantino che la guida aveva poco prima distribuito e lesse: *"Oggi le torri di guardia con le loro mitragliatrici, essendo state abbandonate, non fanno più paura; non si odono più i richiami dei guardiani e i rumori degli stivali delle sentinelle che si alternavano su questo grande campo di battaglia: il più grande riguardo al numero delle vittime. Le tavolette con la scritta "Halt - Spoj" (fermati) e con le tibie incrociate sono sparse qua e là per ricordare che la barriera di filo spinato una volta aveva la corrente elettrica e il solo toccarla poteva causare una paralisi mortale".*

*Prontamente Conrad si spostò lontano da ess*e.

Entrarono nel museo: la storia qui urlava forte la sua disperazione.

Fryderyk cominciò a commentare tavole illustrate, vetrine ricche di reperti, vestiti, scarpe e capelli appartenuti agli Ebrei, la vita del campo di concentramento cominciò a farsi chiara nella mente Conrad.

Tutte quelle parole non rendevano giustizia all'orrore che gli si parava davanti.

Delle scatolette vuote all'interno di una vetrina attirarono la sua attenzione.

Zyklon B.

Tale gas fu prodotto dalla ditta "Degesch"25 e della sua distribuzione si occupò la ditta "Tesch und Stabenov". Dal campo di Auschwitz partivano camion diretti alla fabbrica di Dessau. Lo zyklon B, formato di piccoli cristalli è uno dei veleni più forti. La morte avveniva per soffocamento accompagnato da un senso di timore, da giramenti di testa e da vomito.

Disgustato, Conrad inseguì il gruppo.

La guida intanto diceva che tutto ciò che *i prigionieri avevano portato con se veniva depositato in baracche adibite a magazzino, chiamato nel gergo del campo, "Canadà". In trentacinque di quelle baracche, gruppi di prigionieri dovevano classificare l'enorme quantità di vestiario, di oggetti di valore e di denaro, lasciati dai deportati.*

Tutti i prigionieri venivano divisi, all'arrivo. Gli uomini da se, le donne in altro luogo e i bambini pure.

Tutti venivano denudati e vestiti con pantaloni e casacche bianche a strisce nere e a tutti veniva tatuato sull'avambraccio sinistro un numero uguale a quello del vestiario.

Esistevano casi in cui le persone non venissero annotate, infatti la terra di Birkenau nascose le ceneri e le ossa di milioni di vittime uccise nelle camere a gas, vittime non annotate nel registro del campo, dopo che furono distrutti tutti i documenti personali.

In pratica funzionava così: chiusi i portoni dietro i nuovi arrivati, questi venivano messi in fila; chi li guidava diceva che dovevano ricordarsi di questo: "che erano venuti nel campo, e che nel campo non esiste altra uscita oltre quella del tubo del camino del crematorio...".

I prigionieri erano spinti nel blocco 26, davanti al quale dovevano spogliarsi; ivi erano rasati e spinti nel bagno. Qui, al suono di botte e di grida, veniva versata su di loro acqua bollente o gelata. Qualche minuto dopo si cacciavano nudi nel cortile senza tener conto della stagione, e ricevevano le uniformi a righe, spesso troppo strette o troppo larghe, sempre strappate e sporche.

Si cominciava allora la registrazione. Si annotavano le generalità del prigioniero e lo si marcava con un numero. Nel campo di Auschwitz il tatuaggio fu fatto sull'avambraccio sinistro. I tatuaggi da principio venivano eseguiti con uno speciale timbro di metallo, che aveva i numeri fatti con aghi abbastanza grossi della lunghezza di 1 cm circa. In tal modo si tatuarono i prigionieri di guerra sovietici. In seguito si tatuarono con una lancetta fissata ad un cannello di legno. Il tutto assomigliava ad una penna per inchiostro. Dopo il tatuaggio, il numero era il solo segno d'identità del prigioniero e sostituiva il nome. Il prigioniero doveva cucire sui pantaloni e sulla blusa il numero, stampato in una stoffa speciale. Sopra il numero il prigioniero cuciva anche il triangolo. I triangoli erano diversi a seconda del motivo dell'arresto e della spedizione al campo. I triangoli in maggior parte erano rossi e si riferivano ai prigionieri politici. Il colore verde serviva per riconoscere i criminali. Sul triangolo veniva scritta la prima lettera dello Stato di provenienza del prigioniero (in lingua tedesca).

Oltre al vestito, ogni prigioniero riceveva una camicia, un paio di mutande, zoccoli di legno o scarpe. Nel primo periodo di vita del campo di concentramento - fino al Dicembre del 1940, la maggior parte dei prigionieri non riceveva ne scarpe, ne berretti. I cappotti erano assegnati dagli uomini delle SS in inverno. Le prigioniere portavano vestiti a righe. Nel periodo antecedente, i prigionieri ricevettero i vestiti dei prigionieri di guerra e degli ebrei uccisi.

Dopo averne registrate le generalità, si mandavano i prigionieri in quarantena, dove vi restavano 6-8 settimane. La quarantena era un tormento senza tregua. I prigionieri erano sottoposti ad esercitazioni, dovevano imparare i canti di marcia tedeschi e - innanzitutto - venivano battuti e tormentati ad ogni passo. Poiché non lavoravano ricevevano un nutrimento ridotto, ancora più esiguo delle insufficienti porzioni di cibo che venivano date ai prigionieri ordinari. La quarantena aveva lo scopo di terrorizzare, di spezzare l'individuo psicologicamente e fisicamente. Venivano bastonati terribilmente. Dovevano correre, saltare, arrampicarsi, girarsi intorno con le ginocchia su pezzetti di pietra; i più deboli cadevano a terra, i più anziani, i più corpulenti svenivano. Il sangue affluiva alla testa, il cuore scoppiava per la fatica eccessiva e per la debolezza, tanto più che dopo l'arresto non ricevevano niente da mangiare. Chi non moriva nella fase della quarantena, era mandato ai lavori. Di solito la giornata del prigioniero cominciava con l'appello. Nel periodo iniziale dell'esistenza del campo, gli "appelli" avvenivano tre volte, poi due volte al giorno. Nel periodo finale, le autorità dei campi cercavano di sfruttare al massimo la giornata di lavoro, perciò facevano l'appello soltanto di sera. Lo scopo principale dell'appello era quello di accertare il numero dei prigionieri presenti. Poi il "blocchista" lo comunicava all'uomo delle SS, il quale ne constatava la veridicità e lo trasmetteva al sergente di giornata. Tutti i rapporti, le cui formalità duravano 30 minuti, venivano comunicati al comandante del campo o al suo sostituto. Durante l'appello, tutti i prigionieri, allineati a decine, dovevano stare sull'attenti" a capo scoperto. La parola "appello", dal suono così innocente, terrorizzava i prigionieri. Gli appelli che duravano meno di un'ora erano rarissimi. Di solito venivano prolungati di proposito dagli uomini delle SS fino a raggiungere molte ore, senza riguardo alla temperatura. Nel campo delle donne accadeva di peggio, spesso durante l'appello le prigioniere venivano fatte inginocchiare con le braccia levate in alto. Il sei luglio del 1940 l'appello durò dalle 19 di sera alle 14 del pomeriggio successivo, dunque diciannove ore circa, e le prigioniere dovettero restare sull'attenti o accoccolate per tutto il tempo.

I prigionieri potevano scrivere lettere ai familiari, ma in caso di decesso del prigioniero stesso, i parenti più stretti non sapevano come erano periti i padri, le sorelle e i fratelli. Non potevano intuire la tragica verità di Auschwitz quando ricevevano il telegramma con cui le autorità del campo li informavano sulla morte del prigioniero. Anche se qualche giorno prima dell'arrivo del telegramma il prigioniero aveva scritto: "La mia salute è buona e mi sento bene". Avveniva spesso che alla lettera del parente prigioniero dallo stereotipato contenuto seguiva qualche giorno dopo il telegramma che annunciava la morte. I parenti non sapevano che con quindici righe vergate sulla carta da lettere del campo, sottoposte alle censura delle SS, il prigioniero aveva diritto di dire soltanto notizie positive e non poteva assolutamente scrivere la verità sulle difficili e inumane condizioni in cui si trovava!
E questo per i morti, e per i vivi?
Lavoro a parte, la visione costante dei fili elettrici, la cui densa rete annullava ogni speranza di libertà, il quadro giornaliero dei camerati morti, l'ansia sulla sorte delle persone più vicine, tutto questo influiva negativamente sulla psiche del prigioniero. Se le forze fisiche lo permettevano, vedendo la sua condizione disperata, egli faceva l'ultimo sforzo e "andava contro i fili di metallo". Questo nel campo veniva chiamato suicidio. Se il prigioniero non periva paralizzato dalla corrente elettrica, veniva ucciso da una pallottola del guardiano.

Conrad ascoltava e si guardava tutt'intorno: non era possibile che tutto ciò fosse esistito realmente. Non era possibile che la crudeltà umana fosse arrivata a tanto.
La guida proseguì con il suo discorso:"
Le condizioni logistiche, anche se disuguali nei diversi periodi di esistenza del campo, furono sempre catastrofiche. I primi prigionieri arrivati nel campo, dormivano sulla paglia stesa sul pavimento. Dopo vennero usati materassi di paglia che di notte si stendevano sul pavimento e di giorno si accatastavano. I prigionieri

ricevevano soltanto una coperta. Nella camera, che poteva contenere appena 40-50 persone, ne dormivano circa 200. Sopra un sacco o materasso di paglia giacevano 3-4 persone. La ristrettezza dello spazio obbligava i prigionieri a giacere su un fianco e quando essi dovevano alzarsi per i bisogni fisiologici, non trovavano più il proprio posto. In tali circostanze era impossibile dormire. Di notte invece di riposarsi si stancavano di più. La notte era un prolungamento della fatica e dei tormenti sopportati durante il giorno. Nonostante l'introduzione di letti a tre piani, le condizioni logistiche si fecero sempre più difficili. In ogni letto dormivano due prigionieri. Soltanto alla fine del 1943 e all'inizio del 1944, i prigionieri dormirono soli nel letto.

Il clima malarico dei dintorni di Auschwitz in cui l'acqua, non era neppure adatta per i gargarismi, le cattive condizioni logistiche, la fame e l'insufficiente vestiario che veniva cambiato raramente, contribuirono a generare malattie ed epidemie. L'ospedale del campo si trovava nei blocchi n. 20, n. 21, n. 28, ed anche in una parte del blocco n. 19.

Per le condizioni igienico - sanitarie, per l'insufficiente equipaggiamento degli strumenti medici e delle medicine, l'ospedale era "l'anticamera del crematorio". Molte persone malate non potevano essere ricoverate per mancanza di posto. Perciò i medici delle SS, periodicamente selezionavano i malati, i convalescenti e gli altri prigionieri. I deboli e coloro che non potevano guarire venivano diretti nelle camere a gas. Se si trattava di poche persone, si uccidevano con iniezioni di fenolo. Nello stesso modo i medici delle SS "liquidarono" ad Auschwitz e a Birkenau epidemie di tifo. Il 29 Agosto 1942 furono uccisi nelle camere a gas 746 prigionieri malati selezionati dai medici delle SS. Nel campo morivano ogni giorno centinaia di persone. Molti prigionieri morirono di tifo e di diarrea. I medicamenti fondamentali erano l'aspirina e le pastiglie di carbone. Quindi persino la malattia più insignificante diveniva minacciosa. Per le scarpe inadatte si formavano sui piedi ferite e flemmoni. Il corpo del prigioniero malato di scabbia si copriva in breve tempo di vaste ferite, a causa della sporcizia. Le operazioni

chirurgiche fatte dai medici delle SS finivano spesso con la morte dei prigionieri ed avevano il carattere di esperimenti proibiti. Si trattava di studi pratici sugli organismi viventi dei prigionieri. La notizia della morte del prigioniero era comunicata alla famiglia o ai parenti sia direttamente dal campo di concentramento, sia per mezzo del rispettivo posto della Gestapo. I cadaveri erano bruciati nel crematorio del campo e il decesso veniva annotato nel registro dell'ufficio di stato civile del campo.
Come negli altri campi, anche ad Auschwitz i medici delle SS, facevano esperimenti sui prigionieri. Tra i più atroci si devono annoverare quelli del dottor Carl Clauberg, eseguiti sulle prigioniere del blocco n. 10, allo scopo di preparare un metodo rapido per la sterminazione biologica degli Slavi."

Conrad pensò che era molto meglio la morte che la vita all'interno del campo.

La vita che comunque terminava nelle camere a gas o nel crematorio.

Fu proprio in quest'ultimi due luoghi terrificanti il proseguo della storia e della visita.

"Il crematorio era situato fuori il recinto del campo. Davanti all'entrata sul posto dove durante l'esistenza del campo, fu situata una baracca della Gestapo di campo, si trova la forca sulla quale il giorno 16 Aprile 1947 fu eseguita la pena di morte del primo comandante di KL Auschwitz Rudolf Höss. La più grande camera del crematorio fu usata come camera a gas. Negli anni 1941 e 1942 si uccisero i prigionieri di guerra sovietici e gli ebrei del Ghetto, uccisioni organizzate dagli hitleriani sul territorio dell'Alta Slesia. Nella seconda parte si trovavano due dei 3 forni, che funzionavano continuamente e bruciavano 340 salme al giorno. Su ogni carrello entravano contemporaneamente 2-3 salme. Il crematorio venne costruito dalla ditta Topf und Söhne di Erfurt, la stessa che montò negli anni 1942 e 1943 i forni dei 4 crematori a Birkenau. Il nome sta scritto su alcuni pezzi di ferro del forno.

Come ho prima detto" proseguì la guida *"a 3 km dal campo base di Auschwitz si trovava il campo di sterminio Birkenau o Auschwitz II. Per andare a Birkenau bisognava oltrepassare 4 file di blocchi (in ogni fila si trovavano 5 blocchi). I blocchi chiamati Schultzhaftlagererweiterung (prolungamento del campo), furono costruiti dalle SS con le forze dei prigionieri. Secondo i piani hitleriani, il campo base Auschwitz sarebbe stato ampliato di alcuni blocchi nuovi e avrebbe raggiunto la stazione ferroviaria. Gli hitleriani riuscirono a realizzare questo piano soltanto in parte. Nei blocchi già costruiti gli uomini delle SS collocarono alla fine circa 600 prigioniere. In alcuni blocchi furono trovate stanze piene di vestiti da lavoro per i prigionieri, che arrivavano dal campo base per lavorare.*

Le prigioniere dei blocchi erano occupate in diversi gruppi, come impiegate (nella sezione politica e di lavoro), come domestiche (presso le famiglie delle SS), eccetera. Una parte di esse lavoravano nella fabbrica d'armi di Union-Werke producente le spolette per i proiettili, A questo gruppo riuscirono a collegarsi i membri del Movimento di Resistenza del campo. Grazie a ciò il materiale di esplosione fu preso dalle prigioniere, poi portato nascostamente nel campo di Birckenau, per raggiungere infine i prigionieri occupati nel crematorio. Dopo il fallimento della ribellione, le autorità del campo arrestarono alcune prigioniere e le misero nei sotterranei del blocco n.11,ad Auschwitz. Nonostante le torture, le prigioniere non tradirono nessuno e furono impiccate dopo qualche settimana di interrogatori. L'esecuzione avvenne tra i blocchi del sopra nominato Schutzhaftlagererweiterung.

Questa esecuzione fu l'ultima che gli uomini delle SS riuscirono a compiere su quel terreno.

Sull'altro lato della strada, dove oggi si trova una lapide commemorativa, furono messi, in una tomba comune, i corpi dei prigionieri uccisi durante l'evacuazione del campo e di quelli che non sopravvissero dopo la liberazione, a causa delle malattie e delle ferite contratte. Questa tomba racchiuse i corpi di 710 prigionieri

di ambo i sessi, e di diverse nazioni. Alla loro tumulazione assistettero migliaia di polacchi."
Fryderyk prosegui spiegando che esisteva anche un Auschwitz III, a sette chilometri dal n.1, e *sarebbe servito per fornire manodopera a basso costo per il grande impianto chimico Buna Werke, allora in costruzione, evitando lunghe marce tra il campo principale e il sito in costruzione ed aumentando così la produttività. La Buna Werke, proprietà della IG Farben, era un complesso destinato alla produzione su vasta scala di gomma sintetica, benzina sintetica ed altri sottoprodotti del carbone. Nonostante i grandi sforzi compiuti, che causarono la morte di circa 25.000 deportati impiegati su un totale di 35.000, l'impianto Buna Werke non arrivò mai a significative quote di produzione.*

Erano di fronte al forno crematorio, con la sua pesante apertura spalancata da dove si intravedeva il famoso carrello.
Mentre Conrad era preso da vortici di pensieri su quello che aveva appena visitato, gli amici del gruppo intanto curiosavano, infilando la testa all'interno il forno stesso. Appena il gruppo si riunì per il ritorno, Conrad sentì forte il desiderio di vedere pure lui l'interno del forno affacciandosi come gli altri.
Ad un certo punto involontariamente urtò qualcosa a terra inciampando e battendo violentemente la testa sul portellone di ghisa del forno; giusto il tempo di intravedere due persone che accorrevano per aiutarlo che... il buio lo colse.
In uno scenario etereo, Conrad sentiva delle voci lontane ma ben distinte accumularsi nel suo inconscio: alcune dicevano che la situazione era grave e preoccupante, altre chiedevano aiuto ed un sollievo da donare loro.
Conrad non provava sensazioni particolari, solo un senso di vuoto come se galleggiasse a mezz'aria.
"Appena puoi aiutaci!" sentiva spesso risuonarsi intorno. Delle voci giovani, lontane e vicine al tempo stesso.
Il tempo, in quello stato di coma, sembrava scorrere alla velocità della luce: come quando nel sonno le ore passano senza nemmeno

rendersene conto, e sembra di aver riposato poche ore invece che una notte intera.

Si sentiva normale, Conrad, non pensava a nulla. Non sapeva che il suo corpo giaceva in un letto di una sala operatoria di un ospedale della zona.

Dopo circa un mese dall'incidente, Conrad sempre in coma, venne trasportato in elicottero ad un centro "Stroke" di un ospedale del centro Italia. Venne prima portato in sala di rianimazione e, dopo aver ulteriormente monitorato la situazione e stabilizzato il paziente, ricoverato all'unità di area critica dello stesso ospedale.

Conrad di tutti questi "movimenti" cui era stato protagonista, nemmeno era al corrente, essendo in uno stato non cosciente; era perennemente in compagnia di quelle sensazioni ed emozioni che sentiva forte attorno a se.

E non solo attorno.

Dal giorno del secondo ricovero in area critica, ci vollero tre mesi prima che i medici cominciassero a rendersi conto che la situazione da stabile che sembrava diventare sempre più grave: nessuna ripresa, nessuna risposta agli stimoli esterni, facevano pensare i medici al peggiorare della condizioni cliniche.

Ma non era finita.

Conrad avrebbe continuato a vivere, e il giorno della sua "seconda nascita" sarebbe presto arrivato.

Nel frattempo, John fratello di Conrad, avvisato da subito dell'incidente, era stato per più di un mese in Polonia al capezzale di Conrad ma, visti i vari impegni professionali, era dovuto tornare a New York rimanendo però costantemente in contatto con i sanitari Italiani circa le condizioni del fratello.

"Hai visto abbastanza, adesso vai e ricordati di quello che hai vissuto e sentito durante questi mesi... di qua, dalla nostra parte!"

Dopo questa voce così celeste e profonda che sentì Conrad dentro di se, iniziarono i miglioramenti: prima leggeri movimenti delle dita delle mani, poi più profondi e intensi movimenti degli arti superiori e inferiori. Poi un bel giorno gli occhi si aprirono: le palpebre adesso non erano più pesanti ma leggere: adesso volevano vedere il mondo che le circondava.

Da quel giorno, Conrad, lentamente cominciò a fare terapie riabilitative che durarono in tutto un anno e mezzo.

Quotidianamente varie infermiere e assistenti si recavano da Conrad che era adesso in una struttura di riabilitazione per le varie terapie e cure fisioterapiche.

Piano piano Conrad riprese l'uso completo, ma sempre incerto, di braccia e gambe e la vita, lentamente ma dolcemente, riprese il suo cammino.

John, tornato ancora una volta dall'America, non poté che apprezzare il lavoro svolto dai medici e tutto il personale delle varie strutture dove suo fratello Conrad era stato così per lungo tempo paziente.

E di questo fu felice ed emozionato.

Dopo tanto tempo, adesso, era venuta l'ora di tornare definitivamente a casa. John sistemò tutto il necessario per la dimissione e una volta pronta la lettera salutarono con lacrime agli occhi il personale che era stato così capace ed al tempo stesso cordiale.

Uscirono dalla struttura e, saliti in auto, si avviarono verso casa.

La colonica in cui abitava Conrad, il famoso nascondiglio dal mondo sembrava adesso, un posto nuovo, unico.

Era uscito da quella casa per una gita di pochi giorni per Auschwitz, e si trovò a rincasare dopo quasi due anni.

Parcheggiarono l'auto sotto il porticato e salirono in casa.

Il rumore della serratura era così magico da far battere forte il cuore.

Aperta la porta entrarono.

La casa sembrò salutarlo, tutto sembrava voler parlare a Conrad: la sedia di paglia intrecciata di fronte al caminetto, la moka lasciata con il bicchiere capovolta a scolare dai ricordi del caffè che fu, ed il letto con le lenzuola così in ordine.

Uno sguardo fremente alla foto dei suoi genitori sopra al mobile di camera: anch'essi sembravano diversi, come volergli parlare, sembravano felici e... sorridere.

Un bacio al vetro della cornice che tornò in cucina.

John, nel frattempo, aveva salito la valigia e preparato il caffè.

Il rumore della moka lo fece tornare con i piedi per terra, catapultandolo nella sua realtà quotidiana.

Dopo essersi seduti e aver preso il caffè a piccoli sorsi, Conrad e John parlarono di tante cose: dal viaggio all'organizzazione della permanenza di John a casa di suo fratello per qualche giorno.

Ed il tempo, come nel coma, passò veloce.

Due settimane dopo il ritorno a casa di Conrad, suo fratello John dovette ripartire per l'America dove abitava con la sua famiglia.

I due fratelli si abbracciarono forte, poi John, con gli occhi umidi, salì in macchina salutando Conrad con un timido cenno di mano.

La sua auto svanì velocemente dietro le colline che circondavano il casolare.

Di nuovo solo: di nuovo vivo.

La vita scorreva ormai tranquilla anche se il pensiero si soffermava spesso su quello che gli era accaduto: la visita al campo di Auschwitz con gli orrori dell'olocausto così vivi e quello che gli era poi accaduto, l'incidente con il lungo coma e il periodo di riabilitazione.

Cose impresse nella sua mente per sempre.

Una telefonata ad un tratto ruppe il silenzio e il vagar della mente di Conrad.

"Pronto?" disse. Era Letizia un amica conosciuta in occasione di una gita, una delle tante con cui Conrad viaggiava spesso.

Voleva sapere come stava Conrad e se era pronto per un altra "escursione storica".

Conrad pensò che niente sarebbe stato meglio che continuare la vita di prima e che non avrebbe certo nuociuto... anzi.

Si prenotò per il viaggio successivo: Roma, il Colosseo.

Felice per la vita che si stava nuovamente aprendo ai suoi occhi, Conrad si preparò per quest'altra avventura.

Passarono due settimane, che venne finalmente il giorno della gita.

Ancora una volta armato della sua vecchia e sdrucita valigia dalla cerniera mezza arrugginita era pronto per la splendida giornata.

Letizia passò a prendere Conrad verso le sette del mattino: una ragazza molto affabile, alta un metro e cinquanta sui quarantacinque chili con capelli rossi a caschetto. Due occhi marroni penetranti e un sorriso emblematico rifinivano il volto così carino e simpatico.

Un lungo abbraccio fu il saluto dopo tanto tempo passato senza essersi visti, uno di quei saluti che ti fa battere forte il cuore.

"Dai su Conrad, andiamo" ad un certo punto, dopo naturalmente un sorso di caffè.

Ecco che nuovamente la casa si ritrovò sola, chiusa e con... i bicchieri e la moka a scolare.

In auto direzione stazione dei pullman, era quello il ritrovo questa volta.

Parcheggiata la macchina e arrivati al pullman, Conrad venne praticamente sepolto sotto una folla felice di amici che lo vollero tutti abbracciare e baciare.

Commosso salì sul mezzo accanto a Letizia.

Il pullman partì direzione Roma.

Dopo due ore e un paio di soste in autostrada per rifocillarsi dal viaggio, Roma si fece intravedere in tutta la sua magnificenza.

Conrad era già stato nella città eterna con i suoi genitori tanti e tanti anni prima. Conosceva bene la capitale anche grazie a Riccardo, un amico lì residente compagno d'avventure.

La giornata era dedicata completamente al Colosseo e fu lì che il pullman si fermò mostrando l'anfiteatro in tutto il suo splendore.

Scesero e ancora una volta presa una guida e pagato il biglietto, entrarono all'interno.

Questa volta a presentarsi fu una signorina gentile con uno spiccato accento romanesco; anch'essa fornì tutti di materiale fotografico e, così iniziò la visita.

Conrad e Letizia erano sempre l'uno accanto all'altro, inseparabili.

Capitava però che Conrad rimanesse indietro di qualche metro a causa della sua forte curiosità nell'ammirare le bellezze che gli giacevano intorno.

Aprì la guida cartacea e lesse:

Nell'Anfiteatro Flavio (oggi il Colosseo), costruito per ordine dell'imperatore Vespasiano in onore della grandiosità del suo impero, e inaugurato dal figlio Tito nell'ottanta d.C, nel pomeriggio, si svolgevano i combattimenti dei gladiatori.Il loro nome deriva dalla spada corta che usavano nei combattimenti: il "gladio" o "gladius".Il gladiatore imparava l'arte della gladiatura in scuole che erano caserme molto simili a prigioni che si trovavano in tutto l'impero; dormiva in piccole celle disposte intorno al cortile dove si allenava.

I "ludi" erano diretti da un proprietario, istruttore dei gladiatori che aveva assoluto potere su di loro.

A Roma, i ludi Imperiali, (le uniche scuole autorizzate), alloggiavano fino a 2000 uomini: il "Ludus Matutinus" dove si esercitavano i cacciatori di belve feroci, il "Ludus Gallicus", il "Ludus Dacicus" e il "Ludus Magnus".

I gladiatori potevano essere dei prigionieri di guerra, criminali, galeotti, degli schiavi, dei condannati o uomini liberi senza futuro; potevano essere inesperti o dei veri professionisti, soprattutto i prigionieri di guerra che dopo aver vissuto diverse lotte armate, combattimenti, battaglie e sofferenze erano particolarmente temprati ed agguerriti e spesso venivano da terre lontane come la Tracia e la Germania. Questi personaggi erano i più ricercati e dato che non avevano altre possibilità di vivere decorosamente la loro esistenza, si proponevano volentieri e si impegnavano fortemente nella pericolosa carriera di gladiatore.

Da sottolineare che chiunque scegliesse di diventare gladiatore automaticamente veniva considerato "infamis" per legge. Si suppone che gli spettacoli gladiatorii abbiano origine da lontane cerimonie funebri celebrate con il sacrificio umano per calmare l'ira degli Dei infernali e l'inquietudine dei morti.

Anche le donne combattevano ma erano molto rare e per questo anche molto richieste.

La popolarità del gladiatore vincente era davvero notevole, il popolo lo esaltava e seguiva i combattimenti e gli spettacoli con passione e il suo nome diventava famoso.

I gladiatori si allenavano a differenti tecniche di assalto o di difesa con l'uso di armi diverse e a seconda del tipo di arma e di tecnica

*che usavano venivano chiamati: "Cetervari", "Secutores", "Re-
ziari", "Mirmillones" e "Traces".*
*Nelle lotte si contrapponevano sempre coppie di gladiatori diversi;
quelle più classiche erano tra i "Reziari" e i "Mirmilloni" e tra i
"Traci" e i "Secutores".*
*Il gladiatore che aveva vinto il suo avversario si rivolgeva al pub-
blico dell'Anfiteatro per domandare la sorte che la folla voleva ri-
servare allo sconfitto e la folla, con un segno della mano, decideva
per la morte o per la vita: il pollice rivolto verso l'alto, "mitte"
(salvo) significava che doveva vivere e il pollice rivolto verso il
basso, "jugula" (morte) significava che doveva morire. Alla fine,
però, era l'imperatore o chi organizzava lo spettacolo in questione
che con il suo pollice determinava la sorte del gladiatore sconfitto.
Ogni gladiatore ucciso costava una cifra molto alta all'Imperatore
o a colui che organizzava lo spettacolo e, chiaramente, non chiedevano facilmente la loro morte; probabilmente dipendeva anche
dalla forte richiesta del popolo spettatore.I gladiatori, di fatto,
erano prigionieri e non potevano fuggire, potevano riacquistare la
loro libertà soltanto combattendo nell'arena e sperando che qualche potente notasse il loro coraggio e la loro forza decidendo di
liberarli. Questa speranza era nel cuore dei gladiatori e li aiutava
a sopportare meglio la propria sorte.*
*Il gladiatore aveva, quindi, una vita difficile e molto rischiosa. Lot-
tava per la vita, per la libertà e per la gloria, il popolo romano
apprezzava e rimaneva affascinato dalla forza e dal coraggio del
gladiatore vincente che diventava un grande eroe.*
Conrad, mani in tasca e sguardo leggermente perso nel vuoto, seguiva il gruppo, a capo sempre la guida che illustrava nei minimi
particolari quella "spedizione storica" all'interno del Colosseo.
Si trovava proprio innanzi una di quelle celle che ospitavano i gladiatori, quando, incisi sul muro terroso , notò dei segni a circa quaranta centimetri di altezza dal suolo.
Incuriosito, dopo aver lasciato scorrere il gruppo turistico, Conrad
entrò nella cella per vedere cosa fossero quei segni, la luce, che fil-

trava a malapena in quell'angolo sporco della cella, era appena sufficiente per vedere incisa sul muro alcuni segni: una lettera M sormontata da un sole e alcune righe verticali di circa due centimetri di lunghezza.

Guardandosi intorno per vedere se arrivava qualcuno, Conrad si mise in ginocchio a veder meglio cosa fossero quei simboli, con la mano appoggiata al muro stava piegando il secondo ginocchio quando sentì:"Non temere, ti prego.".

Di scatto Conrad si alzò cercando attorno chi avesse parlato.

Nessuno.

Convincendosi che fosse soltanto frutto della sua immaginazione si rimise a guardare le iscrizioni; appoggiò di nuovo la mano sul muro quando ancora più forte udì:"No, ti prego, non avere paura."

A questo punto, con il cuore che rischiava di uscire dal petto, si alzò e si guardò nuovamente intorno: ancora nessuna persona attorno a lui. Preso da un dubbio atroce, provò nuovamente a poggiare la mano sul muro quando sentì chiara una voce provenire dall'ambiente circostante:"So che potrà sembrarti strano, anche io tremerei al posto tuo, ma ti prego, ascoltami."

Conrad stranamente aveva scoperto di avere una dote sovrannaturale di cui ignorava completamente l'esistenza: dialogare con entità appartenute a persone decedute nel luogo dove si trovava in quel preciso momento.

Ma come era possibile?

Si avvicinò al muro ma nessuna voce lo raggiunse, fece un paio di giri per la cella ma niente, provò ancora a pensare di soffrire di allucinazioni sonore ma, ad un certo punto, come se una lampada si fosse accesa nella sua mente, impose le mani sul muro sopra la scritta.

"Non temere, io sono un gladiatore o perlomeno la sua entità. Sono morto nel punto dove ti trovi, ed i miei ultimi sogni sono di fronte a te, incisi nel muro della mia cella.

Sicuramente sarai stupito e impaurito di questa situazione, se mi vorrai ascoltare ti spiegherò cosa ti succede."

Conrad, con il cuore che aveva rischiato fortemente un infarto, preso dalla curiosità controllò di essere solo e toccò nuovamente il muro.

"Mi chiamavo Triseryco ed ero gladiatore. Ero nato povero ed i miei genitori mi abbandonarono subito dopo la nascita; al mio tempo, una condizione come la mia, non era poi così strana, succedeva spesso.

Sono stato cresciuto da una umile famiglia di Roma che lavorava la terra per vendere poi i frutti ai ricchi della città. Anche se gli affari andavano abbastanza bene, mi sentivo stretto in quella umile casa e, all'età di quindici anni, lasciai la mia famiglia ringraziandola per quello che avevano fatto nei miei confronti, e cominciai a girovagare per Roma fino a quando, un giorno, non venni notato da uno dei maestri di una scuola gladiatoria.

Avevo circa diciotto anni quando entrai a far parte di questa scuola: continui addestramenti, frustate se non li eseguivo alla perfezione, tre pasti al giorno e mi ritrovai dopo poco tempo ad essere una macchina da guerra senza libertà ma con pasti giornalieri e una buona paga.

Ho ucciso molte persone, la regola base per noi gladiatori era uccidere o essere uccisi. All'inizio lo facevo per la gloria, in breve tempo da povero e solo che ero passai agli onori della patria come gladiatore famoso; poi con il tempo divenne la mia vita e continuai per abitudine. Quanto sangue è scorso fra le mie mani... uccidendo, nel vivere fra le gelosie e le invidie della mia classe, mi sono creato una certa stima fra gli altri gladiatori tanto da diventare spalla a Massimo, il più grande gladiatore che io ricordi con le sue quaranta vittorie.

La mia vita è stata una battaglia per il divertimento dei tanti che entravano nell'Anfiteatro a vedere i nostri spettacoli di morte. Quante grida ho sentito e quanta soddisfazione ho visto nei loro occhi nel vederci morire uno ad uno; molte persone che mi erano vicine qui nelle celle le ho viste colpite a morte con gli strumenti più terribili; e tutti loro, poco prima del trapasso, incrociavano gli sguardi con i miei come un ultimo e fraterno saluto.

Facevo mostra delle mie corone, le mie vittorie erano acclamate, ed ero felice.

Scusami se ti ho annoiato, non era nelle mie intenzioni, volevo solo poter esprimere le mie emozioni e tutto il mio dolore nell'aver ucciso tante persone alcune anche amiche. So che con te potevo "dialogare" lo so per il fatto dell'incidente cui sei stato vittima ad Auschwitz: devi sapere che quell'incidente nel quale hai rischiato di morire, ti ha lasciato questa dote sovrannaturale per cui, con la semplice imposizione delle tue mani, entri in contatto "diretto" con noi entità che, nel luogo dove al momento ti trovi, sono morte. Non ne devi aver paura, anzi: noi tutti ringraziamo il fato che ci ha permesso di fruire di questa possibilità per espiare le nostre colpe quando, da vivi, non ne abbiamo avuto il tempo; e tu devi fare in modo che il mondo sappia della stupidità umana a partire dai nostri tempi ormai lontani. Conrad, come vedi conosco il tuo nome, avrei voluto tanto una famiglia e dei figli ma il destino ha voluto così, ho fatto la mia vita e ho fatto i miei, tanti, errori di cui adesso mi scuso con il mondo intero tramite te.

Vorrai sapere dei segni che ho lasciato in punto di morte sul muro credo; beh, quelli sono i segni a cui mi sono sempre ispirato e i sogni che ho sempre avuto: la M è l'iniziale del mio amico Massimo, con lui ho lottato ed è sempre stato per me un maestro di vita; i segni verticali sono fili d'erba, quell'erba in cui mi piaceva tanto correre quando, piccolo, giocavo con i miei genitori adottivi e che mi portava la mente fuori, lontano da questa cella; ed il sole è la libertà che ho sognato per tutta la mia vita, il sole che tutto fa vivere. Grazie Conrad per avermi ascoltato, fa che il vostro popolo rinneghi con tutta la sua forza quello che è l'odio, il rancore e la morte. Noi che ci siamo passati molto prima di voi, vorremmo tornare ad insegnarvi qualcosa ma non ci è possibile.

Adesso va', segui il tuo gruppo e mi raccomando: sei il prescelto fa in modo che, un giorno, tutti noi saremmo orgogliosi di te."

La voce come apparve, svanì.

Conrad scioccato dal momento e dalle sue nuove "doti", si alzò senza una parola, le ginocchia erano completamente fuori uso e per raggiungere il suo gruppo dovette fare non poca fatica; mentre camminava si voltava più volte verso quella cella e, poco prima di perderla di vista, con un cenno della testa e della mano fece come un saluto al povero Triseryco e con la voce tremante sussurrò: "Tranquillo, farò del mio meglio".

Il gruppo si era soffermato ad ammirare il Colosseo nelle gradinate, Conrad, ancora leggermente zoppicante, lo raggiunse si mise accanto a Letizia e proseguì la visita in quel luogo adesso così fortemente conosciuto.

Più volte, durante la visita, pensò che se ognuno di noi, avesse un entità accanto ad illustrargli la propria vita e la storia, tanta stupidità dei giorni nostri verrebbe meno.

La comitiva giunse all'ingresso principale, la visita era finita, era tempo di tornare in albergo.

Uscirono dal Colosseo, da quell'Anfiteatro Flavio così ricco di storia che sembrava parlare anch'esso, e si diressero verso l'autobus che l'avrebbe riaccompagnati in albergo.

Salirono tutti, ognuno prese il suo posto e partirono.

Raggiunsero l'albergo dopo circa quindici minuti, scesero e si diressero velocemente ognuno nelle proprie camere.

Conrad fece cadere l'impermeabile che portava e il largo cappello di lana, lo shock non era del tutto passato.

Si fece una doccia rigenerante e una volta asciugato si mise un accappatoio dell'albergo. Si sedette a bere un whisky con ghiaccio e agitando il bicchiere cerco di estraniarsi dagli eventi che aveva vissuto quel giorno.

Ma quelle parole gli tornavano alla memoria come bombe in un deserto, pensò che quella di Triseryco fosse stata veramente un entità in pena con quello che aveva vissuto.

Come dargli torto?

Oltre a questo, Conrad, doveva abituarsi alla dote sovrannaturale che si era appena accorto di possedere. Possibile che l'incidente di Auschwitz avesse provocato questa cosa? E come ma soprattutto perché?

Non credendo che sarebbe mai arrivato ad una risposta, decise, poggiando il bicchiere ormai vuoto ma sempre pieno di ricordi, di vestirsi e scendere per la cena.

Scese con i suoi amati jeans e una camicia in direzione del salone. Alcuni amici del gruppo già si erano ritrovati per un aperitivo al bar mentre altri leggevano il giornale. Appena tutto fu pronto, finalmente, si sedettero a tavola e iniziarono la cena.

Dopo il caffè, una passeggiata distensiva e digestiva non avrebbe certo nuociuto. Tutti assieme optarono per un passeggio al chiaro di luna nelle viuzze vicino l'albergo. Dalle vicine trattorie tipiche, musiche e canti romaneschi inondavano le vie di quella città eterna.

Veloce un gatto fuggì in un vicolo, come a sottolineare con un felino passo di danza la magia di quella musica echeggiante nell'aria.

L'ora era tarda, la stanchezza prese il sopravvento e si diressero tutti verso l'albergo anche perché la mattina successiva, alle sette, sarebbero dovuti ripartire per casa.

Conrad entrò in camera e toltisi i vestiti che aveva indosso, sprofondò in un sonno ristoratore al quale non era abituato da tempo.

Il sogno che lo assillava da tempo quella notte tornò a farsi vivo assumendo un significato preciso: quello che gli aveva detto Triseryco, il gladiatore. Adesso sapeva il perché di quei sogni ricorrenti.

Lui era il predestinato.

Lui era il prescelto.

Alle sei del mattino suonò la sveglia: una doccia, una sistemata alle valigie ed ecco che era pronto alla partenza.

Uscì dalla camera non prima di aver guardato attentamente se vi avesse lasciato nulla, aprì la porta, indossò impermeabile e cappello e, prese le valigie, uscì dalla camera.

Chiuse a mandata la porta e arrivò al salone dove riconsegnò le chiavi al portiere. Con gli altri della comitiva fece colazione e salirono sul pullman direzione casa.

Un ultimo sguardo alla città e un ultimo saluto al gladiatore Triseryco, non appena il pullman passò davanti il Colosseo.

Il mezzo poi, uscito dalla città, imboccò l'autostrada.

Conrad si sistemò in maniera più confortevole allungando un po le gambe e posando le braccia sugli appositi appoggi del sedile. La testa poggiata al finestrino per ammirare il paesaggio che lentamente si trasformava da strade piene di auto sfreccianti a campi immensi dove, contadini instancabili, lavoravano la terra sotto il sole cocente.

Il rientro in Toscana venne preannunciato dalla veduta d'insieme dei campi con lo sfondo delle colline, dove in primo piano a far bella mostra di se, aspettavano immobili rotoli di fieno giallo a punteggiar tutto l'insieme del meraviglioso panorama.

Sembrava di viaggiare in un quadro d'autore.

Mentre Letizia, seduta al suo fianco, stava rileggendo la guida che le era stata consegnata a Roma, Conrad si concesse un breve sonnellino durante il quale il pensiero di quello che gli era accaduto continuò ad assillarlo. Com'era stato possibile? Rassegnandosi a non avere risposta lasciò che le vibrazioni del sedile lo cullassero in un dolce torpore, giurando a se stesso che non si sarebbe mai più posto domande.

Raggiunsero le porte della città nelle prime ore del pomeriggio e dopo circa dieci minuti il mezzo si fermò innanzi alla propria area di sosta con un rumore idraulico di freni e, dopo un attimo, delle porte che si aprirono.

La comitiva cominciò ad alzarsi prendendo gli abiti sui sedili e le borse nella cappelliera poi, dopo che l'autista ebbe aperto i portelloni laterali, scesero ordinandosi in una fila composta per ritirare le proprie valige e si salutarono con abbracci cordiali dandosi appuntamento per la visita successiva. Scomparvero poco dopo con un rumore di vecchi motori e dietro ad una nuvola di fumo.

Conrad, che nel frattempo aveva ritirato tutti i suoi effetti personali, rimase a guardare tutto ciò, con la sua amica Letizia che mentre caricava la valigia e uno zaino a tracolla disse: "E vai Conrad, anche questa è fatta! Torneremo presto a visitare altri luoghi affascinanti."
"Già" rispose Conrad. "Altri luoghi dove la tirannia dell'uomo ha sopraffatto sogni e futuro della povera gente".

Salirono in auto e Letizia riaccompagnò a casa Conrad. Appena arrivati bloccò la macchina di fronte alle scale di casa, Conrad le chiese se avesse voluto un caffè ma si sentiva stanca, il viaggio era stato lungo e voleva farsi una doccia per poi buttarsi un paio d'ore a letto.

I due si salutarono: Letizia prese la valigia di Conrad, il quale salito ad aprire la porta di casa, scese nuovamente abbracciandola forte e dandole appuntamento alla prossima visita che avrebbero fatto insieme dopo circa due mesi.

"Ciao" esclamò Letizia con fare sbrigativo ma calmo, salì in auto e, alzando un po' di polvere sparì all'orizzonte per la piccola strada che conduceva alla principale.

Salito in casa, Conrad preparò la sua moka e nell'attesa disfece la valigia. Si sentiva bene ma strano, d'altronde l'avventura vissuta a Roma non poteva che lasciare allibiti e increduli. Uscito il caffè, si versò l'amata bevanda nel bicchiere e mentre scioglieva una punta di zucchero suonò il telefono.

"Pronto?" Disse Conrad non appena si accostò il ricevitore all'orecchio. Era John, suo fratello lo chiamava da New York per sentire come stesse e cosa facesse. Conrad si mise seduto con il ricevitore ancora accostato al proprio orecchio e sorseggiando il suo caffè raccontò del viaggio d'andata e di ritorno, della visita e di come stesse fisicamente. La bevanda intanto inondava la stanza con il suo aroma inconfondibile e delicato.

Di quello che gli era successo a Roma non rivelò nulla, era una cosa sua e certamente altri avrebbero fatto non poca fatica a capire.

Il ricevitore si abbassò: il telefono adesso giaceva sopra al mobile come a salutare il fratello così lontano. Mise sotto l'acqua il bicchiere e una volta pulito lo lasciò ancora una volta capovolto, ad asciugarsi le lacrime che aveva tutt'intorno.

Una doccia per ritemprare i sensi e poi con l'accappatoio celeste addosso uscì sul porticato a volte della casa per guardare il paesaggio. Tutt'intorno al podere campi sterminati punteggiati da grossi rotoli di fieno ingiallito, una fila di cipressi lontani che voleva pettinare le nuvole e più in là papaveri in fiore, immersi in un mare di girasoli.

Veramente uno spettacolo.

Sedutosi in una sdraio li accanto, Conrad decise di ammirare ancora un po' tutto questo e dopo aver acceso una sigaretta poggiò i piedi sopra a un piccolo tavolo di vimini, e pensò.

Dopo circa un paio d'ore abbassò le gambe ormai indolenzite dalla posizione semi sollevata, dette un ultima occhiata al "quadro" che lo circondava. "Se questo è il mio destino non posso tirarmi indietro" Pensò contemplando l'ultima cicca nel posacenere. "E se posso essere d'aiuto per qualche nobile causa ne sarò ben lieto. Sono il prescelto e, se lo sono, un motivo ci sarà." Esclamò rientrando in casa con voce perfettamente udibile, come a voler convincere il mondo intero oltre che se stesso.

Fece una cena veloce e poi stanco dalla giornata e dal viaggio andò in camera, aprì il cassetto del grande mobile sotto alla foto dei genitori e ne estrasse un foglio e una penna. Si mise comodamente seduto e cominciò a scrivere: la penna andava da se, non aveva bisogno di fermarsi a pensare su cosa scrivere, tutto nasceva come d'incanto. Man mano che si abbandonava alle parole alcune lacrime cominciarono a rigargli le gote. Si asciugò e proseguì la lettera ancora più deciso, quand'ebbe finito prese una busta e vi scrisse sopra un nome, mise data e firma, piegò il foglio nella busta e dopo averla sigillata la sistemò nel cassetto.

Si alzò e si mise a dormire per terminare quella giornata così tanto faticosa.

Il sonno lo colse immediatamente ma stranamente quella notte nessun sogno fece visita a Conrad: ormai niente c'era da riferire o da far immaginare, tutto era ormai chiaro nella viva coscienza e nella mente

§

Un buon sonno ristoratore.

Nella casa di Conrad, come in tutte le coloniche contadine, non c'era bisogno di utilizzare la sveglia per alzarsi al mattino: ogni giorno al sorgere del sole il canto del gallo rompeva il silenzio della notte appena passata.

Dopo un'ora circa era il turno del campanile della chiesa paesana.

Si alzò dal letto con quella sensazione interiore di felicità e tranquilla serenità che mancavano da molto tempo nella sua vita.

Come ogni giorno si svegliò con una doccia, il suo solito buon caffè e cominciò le quotidiane faccende domestiche. La casa aveva bisogno di una bella sistemata: vestiti da lavare e stirare, le stanze della casa da pulire, le legna da portare in cucina ed un innaffiata all'orto circostante con qualche ortaggio da cogliere.

L'improvvisa e acuta suoneria del telefono squarciò il silenzio della casa: era Letizia in cerca di alcune informazioni e naturalmente di notizie su Conrad; la vita passata in solitudine al casolare, fra campi da coltivare, animali da accudire e una casa solitaria, potevano rendere i giorni tristi e malinconici.

Conrad comunque a questo era abituato: varie esperienze sentimentali negative vissute nel passato lo avevano reso diffidente verso nuove relazioni. Non voleva in nessun modo rivivere quelle emozioni che lo avevano fatto soffrire.

A volte desiderava una compagna in quel grande letto tormentato dagli incubi, un conforto in quei momenti in cui si perdeva, e imprigionava i suoi pensieri osservando il vento e il chiarore della luna.

Forse però non era giunto il momento.

Di questo e di altro parlarono Conrad e Letizia al telefono: l'amore spassionato di lui per la storia e il fatto di partecipare a gite per colpire forte la solitudine che a volte gli attanagliava l'anima.

Lo stesso destino, più o meno, di Letizia: anche lei reduce da passati amori dei quali erano rimasti leggeri e sbiaditi ricordi, come quando l'autunno divide per sempre la foglia dall'albero, lasciando il ricordo del tempo passato a volare così alti.

Dei passati amori erano rimasti giusto un pugno di foglie secche pronte ad essere polverizzate da una pressione della mano in cui erano racchiuse.

Chi avrebbe dato forza a quel pugno?

I minuti passarono parlando della loro vita, ridendo come bambini delle vicende accadute in qualche "spedizione storica".

La telefonata terminò con la notizia della gita prevista il mese successivo: un viaggio che li avrebbe portati in giro per l'Italia dove la storia aveva segnato sogni e speranze della gente comune.

Conrad promise che ci avrebbe pensato e nel giro di una settimana sarebbe stato in grado di dare una risposta definitiva.

Si salutarono e quel dialogo così rasserenante per lo stato d'animo di Conrad s'interruppe con il rumore della cornetta riappesa.

Fuori dalla finestra il cielo plumbeo si stava caricando di pioggia. In attesa dei primi tuoni si versò una tazza di caffè bollente e, mentre il vapore si confondeva con la foschia della tempesta, cominciò a sciogliere una punta di zucchero. Il ritmico tintinnio del cucchiaino si perdeva con il rumore delle prime gocce e scioglieva i suoi pensieri in quel liquido nero. "Non posso continuare a vivere così" pensò fra sé, "nella monotonia di un casolare rotta solo dai miei rituali e dalla pioggia. Misurare le ore aspettando una telefonata mi farà diventare pazzo".

Questa consapevolezza si impossessava di lui come il calore del caffè che stava bevendo, era stato prigioniero in quella palude per troppo tempo.

All'ennesimo tuono, prese la decisione.

Avrebbe partecipato alla spedizione storica offerta da Letizia.

La telefonata di conferma venne fatta la mattina seguente.

Il dolce dondolio della carrozza cullava Conrad dalla levataccia delle sei e trenta di quella mattina.
Conrad aprì un occhio dalla lieve pennichella mattutina e vide Letizia seduta al suo fianco chiudere il libro e appoggiare la testa per riposarsi un po' gli occhi.
Rinfrancato dalla vista della sua amica allungò le gambe e sprofondò nuovamente nelle braccia di Morfeo.
Letizia riaprì gli occhi e si soffermò ad ammirare Conrad che dormiva beatamente, la sua innocenza le strappò un sorriso benevolo prima di riprendere il libro e rimettersi a leggere con un profondo sospiro.
Il treno fischiò a lungo, i freni sfregarono forte; Conrad si riprese e tutti capirono che erano arrivati.
La carrozza si fermò: il suo viaggio era terminato, iniziava adesso quello di Conrad, Letizia e coloro che partecipavano a quella gita.
Quella gita che avrebbe cambiato per sempre la loro vita.

Scesero dal treno avvertendo subito un intenso fresco avvolgerli, i luoghi come Trento, arroccati fra le montagne, potevano arrivare a temperature molto più estreme di quelle a cui erano abituati.
Raggiunsero l'albergo con un pulmino che li stava aspettando.
L'edificio, completamente costruito in legno, era composto da una struttura di quattro piani coperta da un tetto spiovente nella più tipica architettura montanara, dei balconi pieni di fiori rallegravano il marrone uniforme delle travi trasformandone la facciata in un carosello di colori.
Entrarono salendo cinque scalini: l'interno dell'albergo si presentò di fronte a loro con una Hall dove sulla sinistra troneggiava la portineria presidiata dal portiere e sulla destra una parete faceva bella mostra di quadri con paesaggi alpini.
Il portiere dopo aver preso i loro documenti dette la chiave delle camere, e finalmente ognuno poté ritirarsi per un attimo nella loro privacy che dopo ogni lungo viaggio è sempre tanto agognata.

La camera era al secondo piano. La porta, in puro legno d'abete, si aprì con un giro di chiave. Un bagno sulla destra dava il benvenuto in quella stanza dall'aspetto fortemente montanaro con il letto ad una piazza, il comodino li accanto pronto ad accogliere chissà quale lettura, un tavolinetto su cui era poggiato un pacchetto di fiammiferi con la pubblicità dell'albergo e attaccato alla parete un televisore stava in silenzio come del resto tutto intorno. In fondo alla camera una porta finestra dava sul terrazzo, i fiori visti poco prima sui balconi dell'albergo erano adesso li a portata di mano con i loro colori e i loro profumi, li vicino una sedia in legno intarsiato aspettava un cliente ad ammirare il panorama: alzati gli occhi di fronte a se fu investito da uno spettacolo naturale senza eguali, immense distese di prati verdi circondati da cime innevate. Un simile spettacolo lo riempì d'energia.

Conrad rientrò in camera e disfece la valigia. L'armadio si aprì senza fatica mostrando due ante capienti e ben pulite.

La valigia vuota trovò posto sopra l'armadio e successivamente la tappa fu quella del bagno per una rinfrescata dopo il lungo viaggio.

Dopo circa un ora si ritrovarono tutti nella hall per il pranzo.

Il lungo tavolo era pronto ad offrire varie pietanze montanare con verdure delle più svariate qualità.

Conrad scelse un piatto della tradizione Valtellinese, i Pizzoccheri ma non si limitò solo a quel piatto. La compagnia di Letizia sempre accanto a se e degli amici di sempre avevano fatto riscoprire il gusto del buon cibo e della vita.

Finito il pasto e consumato il consueto caffè erano pronti per l'escursione in alta quota naturalmente con la guida dell'albergo.

Il tragitto venne effettuato con il pulmino della mattina fino alla stazione della funivia, il viaggio finale sarebbe proceduto con la cabinovia fino ad alta quota.

Leggermente titubanti entrarono tutti in cabina e con un rumore pneumatico e un leggero scossone, le porte si chiusero e il mezzo cominciò la sua salita verso quota duemila metri.

Il panorama visto dall'alto era tutt'altra cosa: sentieri si snodavano fra le foreste di abeti, un cervo che correva spensierato saltellando di roccia in roccia e intorno l'infinito a salutarli. Anche se un po' di timore si faceva sentire, lo spettacolo era unico.

Dopo dieci minuti la cabina arrivò in quota, ancora uno scossone e le porte si aprirono. Ci fu una certa fretta per uscire dal mezzo sospeso al cavo!

L'aria era decisamente diversa, era più fine e più fredda, per fortuna erano tutti dotati di adeguato abbigliamento come suggerito dal personale dell'albergo.

La guida riunì il gruppo, ogni persona riempì le borracce d'acqua dalla sorgente e partirono in direzione dei monti, lungo un sentiero cosparso di ciottoli.

"Signori, benvenuti." disse la guida "siete pregati di starmi sempre dietro e se avete informazioni o domande sono qui per questo. Non potete raccogliere fiori o piante e mentre cammineremo in questi luoghi vi narrerò la loro storia; questi monti così belli e unici hanno visto la più cruda realtà, la guerra. Signori, benvenuti nella prima guerra mondiale."

Conrad zaino in spalla e macchina fotografica a tracolla iniziò l'escursione con Letizia di fronte a lui e tutti gli altri dietro.

La guida iniziò a parlare.

"La Prima Guerra Mondiale fu originata da cause politiche, militari, economiche e culturali. Per quanto riguarda le cause politiche, vi erano i contrasti fra gli Stati, infatti in Europa esistevano molti territori contesi da diversi stati:

la Francia voleva sottrarre alla Germania l'Alsazia e la Lorena,

l'Italia voleva liberare Trento e Trieste dal dominio dell'impero austro-ungarico,

Austria, Russia e Italia volevano espandersi nella zona dei Balcani.

Alla vigilia della guerra l'Europa era divisa in due schieramenti:

la triplice alleanza che comprendeva Germania, Austria e Italia;

la triplice Intesa costituita da Francia, Gran Bretagna e Russia.

Per le cause militari ci fu la corsa al riarmo, infatti la Germania da anni si preparava dotandosi di grandi armamenti. La causa economica premeva alle potenze industriali, infatti si era scatenata una gara economica e commerciale sempre più dura, i grandi gruppi industriali ricavavano enormi profitti dalla costruzione di armamenti e navi, per loro la guerra era fonte di grandi guadagni. Per quanto riguarda, le cause culturali, si diffuse un giudizio positivo sulla guerra in quanto parte dell'opinione pubblica vedeva nella guerra l'unica possibilità di cambiamenti della situazione sociale e politica.

A determinare lo scoppio della prima guerra mondiale fu un grave fatto di sangue, l'attentato di Sarajevo avvenuto il 28 giugno del 1914. L'arciduca Francesco Ferdinando, erede al trono dell'impero d'Austria e Ungheria, fu ucciso con la moglie da un nazionalista serbo. L'Austria inviò alla Serbia un ultimatum con il quale imponeva la partecipazione di funzionari austriaci alle indagini dell'attentato. La Serbia non accettò. In realtà l'Austria voleva conquistare la Serbia pertanto la Germania appoggiava l'Austria, mentre la Russia sosteneva la Serbia. L'Austria dichiarò guerra alla Serbia il 28 luglio del 1914, da una parte vi erano gli Imperi centrali con l'Austria, Ungheria e Germania cui si unirono l'impero turco e la Bulgaria; dall'altra le potenze della Triplice Intesa cioè l'Inghilterra, Francia, Russia più la Serbia e gli altri Stati.

Allo scoppio della guerra l'Italia si dichiarò neutrale in quanto la maggioranza voleva che l'Italia restasse neutrale, però essa si divise in neutralisti ed interventisti. Fra la maggioranza ricordiamo i socialisti i quali sostenevano che la guerra in corso era la guerra dei capitalisti, la maggioranza dei cattolici e la Chiesa il cui Papa era Benedetto XV, molti parlamentari liberali guidati da Giolitti i quali erano convinti che l'Austria avrebbe ricompensato con dei territori la neutralità dell'Italia e che perciò l'intervento sarebbe stato inutile.

Invece gli interventisti erano favorevoli a entrare in guerra e ne facevano parte, i nazionalisti fra cui ricordiamo Gabriele D'Annunzio, l'esercito e l'ambiente della corte, i grandi gruppi industriali, alcuni tra i socialisti e i democratici i quali sostenevano che l'Italia doveva schierarsi con le nazioni democratiche cioè l'Inghilterra e Francia contro gli Stati autoritari Germania e Austria. Su posizioni simili a quelle dei nazionalisti si trovava l'ex-socialista

Benito Mussolini, egli fu espulso dal partito socialista proprio perché favorevole alla guerra. Il 26 aprile del 1915 il governo italiano firmò a Londra un patto segreto con la Francia e Inghilterra, l'Italia si impegnava a intervenire nel conflitto al loro fianco in cambio della promessa di notevoli acquisizioni territoriali. Questo patto venne tenuto in segreto per ben due anni, e il 24 maggio del 1915 l'Italia entrò in guerra a fianco delle potenze della Triplice Intesa. Subito dopo lo scoppio del conflitto, la Germania aveva invaso il Lussemburgo e il Belgio con l'intenzione di occupare la Francia. I tedeschi furono però fermati sul fiume Marna in una battaglia che causò cinquecentomila morti.

Svanì subito l'illusione di una guerra breve, iniziava la guerra di trincea, infatti le truppe tedesche e quelle franco-inglesi si contrapposero all'interno di trincee e per ben quattro anni la guerra fu un susseguirsi di attacchi da una trincea all'altra. Da una guerra di movimento si era passati a una guerra di posizione. Sul fronte italiano ci furono subito impetuosi attacchi degli italiani contro gli austriaci sul fiume Isonzo, ma presto anche qui la guerra si fermò nelle trincee. L'Italia affrontò la guerra in condizioni di grave impreparazione, per mesi molti soldati italiani non poterono avere l'elmetto indispensabile per la guerra di trincea. Nelle trincee si diffondevano gravi malattie come il tifo, la tubercolosi e il colera, i rifornimenti erano difficili, il comandante generale Luigi Cadorna aveva imposto una durissima disciplina. Egli non fidandosi dei suoi soldati fece ricorso a gravi pene per ogni mancanza punendo i tentativi di diserzione con la fucilazione. Fra il maggio e il giugno del 1916 l'esercito austriaco si impegnò in quella che venne chiamata la spedizione punitiva, in quanto gli italiani erano traditori da punire perché non avevano rispettato la Triplice Alleanza. Gli austriaci volevano penetrare nella pianura padana attraverso l'altopiano d'Asiago. L'esercito italiano, però, respinse l'offensiva e riuscì a conquistare Gorizia nell'agosto del 1916. Il prolungarsi della guerra iniziava a pesare, soprattutto sugli imperi centrali i quali non potevano procurarsi facilmente le materie prime perché gli Inglesi controllavano i mari. La Germania affrontò la marina inglese nella battaglia dello Jutland ma la battaglia non bastò a sottrarre agli inglesi il dominio dei mari. Allora i tedeschi intensificarono la guerra sottomarina contro tutte le navi sospettate di portare rifornimenti agli avversari utilizzando piccoli ma micidiali sottomarini: gli U-Boote. L'affondamento del transatlantico Lusitania causò la morte di un migliaio di persone fra cui 124 cittadini statunitensi e ciò provocò proteste e gli Stati Uniti entrarono nel conflitto a fianco dell'Intesa. Il 1917 fu un anno decisivo per le sorti del conflitto, non solo per l'ingresso degli Stati Uniti in guerra. Intanto in Russia esplose una rivoluzione che abbatté il regime dello zar e così si ebbe la Rivoluzione sovietica di ottobre. Per evitare l'invasione del proprio territorio, la Russia uscì dalla guerra e il 3 marzo del 1918 la pace di Berst-Litovsk stabilì le condizioni della resa, infatti la Russia cedeva alla Germania la Polonia e i Paesi Baltici e riconosceva l'indipendenza dell'Ucraina. Gli austriaci spostarono le loro truppe dal fronte russo a quello italiano provocando una gravissima crisi militare all'Italia. L'esercito austriaco riuscì a sfondare le linee italiane riportando una netta vittoria a Caporetto vicino Gorizia il 24 ottobre 1917. L'esercito italiano cominciò una ritirata, il nemico catturò decine di migliaia di prigionieri e si impadronì di molto materiale.

Il generale Luigi Capello, comandante della seconda armata italiana, come pure il capo di stato maggiore dell'esercito Luigi Cadorna da tempo avevano sentito di un probabile attacco, ma sottovalutarono tali notizie e anche l'effettiva capacità offensiva delle forze nemiche. Capello durante l'accerchiamento preferì farsi diplomaticamente ricoverare in ospedale e questo gli costò poi l'impossibilità di difendersi di fronte alla commissione d'inchiesta, tanto da essere negli anni successivi degradato ed incarcerato.

Da lì gli austriaci avanzarono per 150 km in direzione sud-ovest raggiungendo Udine in soli quattro giorni. La Disfatta di Caporetto provocò il crollo del fronte italiano sull'Isonzo con la conseguente ritirata delle armate schierate dall'Adriatico fino alla Valsugana, oltre alle perdite umane e di materiale; trecentocinquantamila soldati si diedero a una ritirata scomposta assieme a quattrocentomila civili che scapparono dalle zone invase. La ritirata venne prima effettuata portando l'esercito lungo il Tagliamento ed in seguito fino al Piave, l'11 novembre 1917, quando tutto il Veneto sembrava potesse andare perduto. Alla fine si contarono quasi settecentomila tra morti, feriti e prigionieri.

A seguito della disfatta il generale Cadorna, nel comunicato emesso il 29 ottobre 1917 indicò in modo errato e strumentale «la mancata resistenza di reparti della seconda armata» come la motivazione dello sfondamento del fronte da parte dell'esercito Austro-Ungarico. In seguito Cadorna, invitato a far parte della Conferenza inter-alleata a Versailles, venne sostituito per volere del nuovo presidente del consiglio Vittorio Emanuele Orlando dal generale Armando Diaz, l'8 novembre 1917 dopo che la ritirata si stabilizzò definitivamente sulla linea del Monte Grappa e del Piave. Gli Austro-Ungarici e i tedeschi chiusero l'anno 1917 con le offensive sul Piave, sull'altopiano di Asiago e sul monte Grappa. Gli italiani decimati dopo Caporetto, furono costretti per riempire i vuoti d'organico a chiamare al fronte i Ragazzi del '99 appena diciottenni, mentre si decise di conservare la leva del 1900 per un ipotetico sforzo finale nel 1919. Con grande fatica si riuscì a stabilire una nuova linea di difesa lungo il fiume Piave. Cadorna venne sostituito dal nuovo comandante Armando Diaz.

Intanto cresceva la disperazione per la guerra, tutte le popolazioni anche quelle lontane dalle zone di combattimento subivano privazioni e fame il malcontento cresceva ovunque, in Italia ci furono scioperi e scontri di piazza per la mancanza dei generi alimentari e un aumentata inflazione. In questa difficile situazione Papa Benedetto XV chiese ancora una volta la fine dei combattimenti, invitava i paesi in guerra a rinunciare ai propri interessi in favore di quelli generali dell'umanità. Per ottenere di nuovo la fiducia dei soldati il governo promise vantaggi economici per il dopo guerra, inclusa una distribuzione di terre ai contadini. Grazie a questo progetto e ad una mobilitazione eccezionale Diaz riuscì ad arginare la rotta delle truppe italiane. Nella primavera del 1918 la Germania lanciò un'ultima e disperata offensiva, ma anche questa volta i

Francesi e gli Inglesi respinsero l'attacco nella seconda battaglia della Marna, e con l'appoggio americano passarono allora all'offensiva. Anche l'esercito italiano passò alla controffensiva ottenendo la decisiva vittoria di Vittorio Veneto in condizioni climatiche pessime. Gli italiani avanzarono rapidamente in Veneto, Friuli e Cadore e il 29 ottobre l'Austria-Ungheria si arrese. Il 3 novembre, a Villa Giusti, presso Padova l'esercito dell'Impero firmò l'armistizio; i soldati italiani entrarono a Trento mentre i bersaglieri sbarcarono a Trieste, chiamati dal locale comitato di salute pubblica, che però aveva richiesto lo sbarco di truppe dell'Intesa. Il giorno seguente, mentre il Generale Armando Diaz annunciava la vittoria, venivano occupate Rovigno, Parenzo, Zara, Lissa e Fiume. Quest'ultima pur non prevista tra i territori nei quali sarebbero state inviate forze italiane venne occupata, come previsto da alcune clausole dell'Armistizio, in seguito agli eventi del 30 ottobre 1918 quando il Consiglio Nazionale, insediatosi nel municipio dopo la fuga degli ungheresi, aveva proclamato, sulla base dei principi wilsoniani, l'unione della città all'Italia. L'esercito italiano forzò comunque la linea del Trattato di Londra intendendo occupare anche Lubiana, ma fu fermato poco oltre Postumia dalle truppe serbe. I cinque reparti della Marina entravano a Pola. Il giorno seguente venivano inviati altri mezzi a Sebenico che diventava la sede principale del Governo Militare della Dalmazia.

L'Austria chiese l'armistizio e l'Italia risultava vittoriosa. L'11 novembre veniva firmato l'ultimo armistizio con la Germania, si chiudeva così la prima guerra mondiale.

L'Austria perse il suo impero e dovette dare all'Italia il Trentino Alto Adige e l'Istria;

La Germania dette l'Alsazia Lorena alla Francia, perse le colonie, dovette ridurre l'esercito e la flotta e pagò una somma molto alta per i danni che la guerra provocò agli altri paesi.

I morti furono circa nove milioni quelli italiani furono oltre seicentomila. Occorreva ora giungere alla pace definitiva, i colloqui si svolsero a Parigi e i trattati di pace furono firmati tra il 1919 e il 1920. I rappresentanti delle quattro potenze vincitrici (Italia,

Francia, Gran Bretagna, Stati Uniti) avevano obiettivi diversi e non mancarono momenti di tensione. Wilson aveva steso un elenco di 14 punti che riassumevano i progetti per la futura politica europea, inoltre egli dava molta importanza alla autodeterminazione delle nazioni cioè ogni nazione doveva essere indipendente e scegliere la propria forma di governo. L'Italia ricevette dall'Austria il Trentino, l'Alto Adige, la Venezia Giulia e Trieste. Questo provocò discussioni a Parigi, gli alleati comportandosi da traditori non avevano dato all'Italia quello che avevano promesso col patto di Londra e a questa tensione si aggiunse la difficile situazione che il nostro paese si trovò a vivere nel dopoguerra. Finalmente il mondo uscì dalla guerra profondamente mutato non solo dal punto di vista politico ma anche economico. Gli Stati Uniti cominciavano a emergere come potenza mondiale mentre l'Europa uscì trasformata dalla guerra: scomparirono quattro imperi : Tedesco, Austro-Ungarico, Russo e Turco mentre nacquero nuovi stati: Austria, Ungheria, Cecoslovacchia, e Yugoslavia che compresero: Serbia, Bosnia, Slovenia, Croazia e Montenegro.
La guerra cambiò anche l'atmosfera culturale infatti, con i suoi orrori aveva posto fine all'ottimismo con cui il secolo era iniziato, cominciava così un periodo molto più oscuro con numerose e gravi crisi."

Durante il racconto il gruppo aveva camminato per parecchi chilometri. "Nella vallata dove siamo adesso" proseguì la guida "sono sepolti coloro che hanno combattuto per la libertà, come potete vedere dalle lapidi e dal monumento su quella roccia".
Infatti sopra un enorme masso che sovrastava una vallata piena di croci, sorgeva maestoso un monumento ai caduti contornato da corone di alloro e dal tricolore.
Conrad non poté fare a meno di avvicinarsi al monumento. Senza farsi vedere offrì un fiore raccolto poco prima e si raccolse in una preghiera per tutti i caduti della guerra.

Naturalmente memore della dote che aveva, impose le mani sulla pietra monumentale e una sensazione di malessere e giramento di testa pervase lo stato di Conrad.

Una sensazione che svanì in un attimo quando udì chiaro: "Eccoti in questi luoghi, noi tutti ti diamo il nostro benvenuto, ti ringraziamo per l'omaggio che ci hai lasciato e della preghiera che ci hai donato. Sai chi siamo, quella guida ti ha spiegato tante cose sulla guerra, ma la malvagità vera e tutte le ingiustizie nate da quella barbaria possiamo conoscerle solo noi: abbiamo dovuto, nostro malgrado, lasciare per sempre mogli, figli, padri e madri. Non abbiamo avuto scelta ma non siamo in pena per questo; tutto ciò lo abbiamo fatto per la nostra patria e per la libertà che il tiranno tentava di togliere a noi ma soprattutto a voi. Dì a tutti che le guerre servono solo ad ingrandire l'odio tra i popoli, ed arricchire i potenti del mondo. Io che ti parlo, dovevo sposarmi con la mia amata invece non è stato possibile farlo in vita: siamo adesso vicini nella morte e felici perché staremo insieme per l'eternità.

Questo la guerra non ci ha potuto togliere e nel nostro piccolo, siamo orgogliosi di quello che abbiamo fatto. Ricorda che la vita vissuta sulla Terra la offrirai in quella successiva ultra terrena: se semini amore raccoglierai amore. Che la tua gente sappia questo; grazie per avermi ascoltato e ancora grazie per la tua preghiera."

E anche questa volta la voce, come arrivò svanì.

"Non grazie a me" iniziò Conrad "é a tutti Voi che dobbiamo la nostra libertà, un regalo più grande non potevate donarcelo. Io più di una preghiera e un fiore non posso offrirvi ma tutta la riconoscenza per ciò che avete vissuto prima della vostra morte si. Sono il prescelto lo so, e per me è una fortuna così grande poter parlare con voi tutti, imparare cose che non so e vedere cose che non ho mai visto e che non avrei mai potuto vedere nel nostro vivere egoistico. Questa opportunità di rivivere così la storia, conoscere fatti e luoghi che non potrei mai aver conosciuto in maniera diversa, so che è offerta solo a pochissime persone, e forse a una sola. Io".

Carezzando la nuda pietra del monumento e sistemando il fiore in maniera visibile, Conrad proseguì e raggiunse il gruppo.

Tornarono alla cabinovia che li avrebbe riaccompagnati giù a valle.
Mentre la porta della cabina si stava chiudendo rivolse un ultimo
pensiero e un'ultima preghiera ai nostri eroi. Alla fine della discesa
la porta si aprì nuovamente e la guida salutò il gruppo che celer-
mente uscì fuori.
Il pulmino aspettava come sempre. Tutti salirono e partirono in direzione dell'albergo.
Era sera quando arrivarono in camera, si fecero una doccia veloce
e scesero per la cena.
La stanchezza del viaggio e la spedizione del pomeriggio aveva dis-
solto le forze dei viaggiatori, quella sera andarono a letto presto.
La mattina arrivò presto con il bussare sulla porta, era sempre Letizia che svegliava quel dormiglione di Conrad, "Dai alzati, siamo
tutti pronti per la colazione" urlando dal corridoio.
"Arrivo" rispose Conrad con la pancia che già brontolava. Un salto
al bagno, si vestì veloce ma senza scordarsi il suo amato cappello e
l'impermeabile al quale era così attaccato e fu pronto per scendere.
Si ritrovarono tutti nella hall per una ricca colazione con latte, caffè
e marmellate fatte in casa. La mattina fu libera per visitare i musei,
qualche souvenir e tanta aria salutare fra pascoli e foreste.
Il pomeriggio stesso il pulmino riaccompagnò tutti alla stazione per
il treno, il viaggio era appena iniziato. Salirono in carrozza e mentre
il fischio del locomotore urlava la sua ultima preghiera ai caduti, il
treno partì per la destinazione successiva.
Una destinazione diversa dalle solite: adesso era il treno che, in un
percorso nella storia, sembrava essere diventato una macchina del
tempo. Dopo circa un'ora dalla partenza una donna nella loro carrozza si presentò come loro guida, bevve un sorso di minerale, e
cominciò a parlare dei luoghi che stavano attraversando: "Eccoci
adesso nei luoghi, e non solo questi, dove è stata vissuta gran parte
della storia di quel tempo". Conrad non ci fece caso ma la guida
aveva gli occhi umidi e una voce malinconica.
Proseguì:

*"La seconda guerra mondiale è il conflitto che tra il 1939 e il 1945
vide confrontarsi da un lato le potenze dell'Asse guidate dalla Germania nazista e dall'altro gli Alleati scesi in campo per contrastare
il disegno egemonico di Hitler. Viene definito «mondiale» in quanto
così come avvenuto in occasione della prima guerra mondiale vi
parteciparono nazioni di tutti i continenti e le operazioni belliche
interessarono gran parte del pianeta. Il conflitto ebbe inizio con
l'invasione della Polonia da parte della Germania e si concluse con
il bombardamento atomico ai danni del Giappone e la resa di quest'ultimo.*
*Si formò l'asse Roma- Berlino-Tokyo; mentre il Giappone perseguiva il suo programma imperialistico in Oriente, in Europa Hitler
invase l'Austria nel 1938 e ne realizzò l'annessione poi fu la volta
dei Sudeti e della Cecoslovacchia. Anche l'Italia decise di non essere da meno e conquistò l'Albania. In seguito Hitler si assicurò
l'Italia con il patto d'acciaio e l'URSS con un patto decennale di
non aggressione. Francia e Gran Bretagna offrirono il loro appoggio alla Polonia, chiaro obiettivo dei tedeschi; essa si sentì minacciata e mobilitò le sue truppe, ma per tutta risposta Hitler la invase.
Il 1 settembre del 1939 iniziava la seconda guerra mondiale.*
*È considerato il più grande conflitto armato della storia, e costò
all'umanità sei anni di incalcolabili sofferenze, distruzioni e massacri per un totale di 55 milioni di morti. Le popolazioni civili furono infatti coinvolte nel conflitto grazie all'utilizzo di armi sempre
più potenti e distruttive. Nel corso della guerra si consumò anche
la tragedia dell'Olocausto perpetrata dai nazisti nei confronti del
popolo ebraico.*
*Al termine del conflitto si instaurò un nuovo ordine mondiale, fondato sulla contrapposizione tra Stati Uniti ed Unione Sovietica e
durato fino al crollo di quest'ultima all'inizio degli anni novanta
(guerra fredda) mentre l'Europa, ridotta ad un cumulo di macerie,
perse definitivamente la propria egemonia sul pianeta.*
*Il risentimento tedesco nei confronti del trattamento subìto dopo la
fine della prima guerra mondiale in base ai dettami del Trattato di
Versailles (1919) e le susseguenti difficoltà economiche, permisero*

ad Adolf Hitler e al suo movimento politico (NSDAP) di prendere il potere in Germania e assumere il controllo totale della Nazione. Ignorando i vincoli imposti dal Trattato di Versailles, il 16 marzo 1935 riarmò l'esercito tedesco creando la Wehrmacht, il 7 marzo 1936 rimilitarizzò la zona di confine con la Francia (la Renania), il 12 marzo 1938 ottenne l'annessione dell'Austria (Anschluss) e con la Conferenza di Monaco il 1°ottobre 1938 dei Sudeti (Cecoslovacchia) e il 13 marzo 1939, la Boemia e la Moravia. La Germania stipulò un trattato di non aggressione (Patto Molotov- Ribbentrop) con l'Unione Sovietica e nel 1939 avanzò pretese territoriali su parte della Polonia (il famoso Corridoio di Danzica). La Polonia rigettò le pretese e la Germania il 1° settembre 1939, la invase con un pretesto (Incidente di Gleiwitz). Il 3 settembre, Regno Unito e Francia inizialmente riluttanti a "morire" per Danzica dichiararono guerra alla Germania.

In breve aggredita anche a est dall'URSS, la Polonia dovette capitolare e fu spartita tra tedeschi e russi.

Francia e Gran Bretagna dichiararono subito guerra alla Germania, ma le operazioni militari ristagnavano da ambo le parti. Sui mari invece i sottomarini tedeschi avevano dato inizio allo scontro. Hitler nel 1940 annesse Danimarca e Norvegia in breve tempo, mentre l'URSS ottenne Estonia, Lettonia e Lituania.

Sul fronte francese Hitler intraprese la tattica dell'invasione dei paesi limitrofi. A giugno le truppe tedesche occuparono Parigi e la Francia si arrese, fu sottoscritto un armistizio con cui la Francia cedette le zone a nord e mantenne quelle nel centro sud con la Repubblica di Vichy, diretta dal maresciallo Pétain e comunque sotto il controllo tedesco.

Già nell'agosto del 1940 Hitler aveva scatenato un'offensiva aerea contro gli inglesi, egli però commise l'errore di posticipare l'invasione di terra, dando così modo agli inglesi di potersi riorganizzare. Iniziò così un'efficace resistenza sotto la guida di Churchill, la battaglia d'Inghilterra fu la prima offensiva della storia combattuta esclusivamente dall'aviazione. A fine maggio del 1940 la Germania aveva rapidamente vinto le truppe di Francia, Belgio,

Olanda, Lussemburgo e Inghilterra. Il dramma di Dunkerque si era oramai consumato: settantacinque divisioni distrutte, trecentoquarantamila uomini accerchiati, un milione e duecentomila prigionieri al prezzo di diecimiladuecentocinquantacinque morti ottomilaseicento dispersi e quarantaduemilacinquecentoventitre feriti.

Nonostante il patto d'acciaio Mussolini allo scoppio della guerra aveva dichiarato lo stato di "non belligeranza". Tuttavia l'immediato crollo francese sembrò delineare una guerra lampo da cui l'Italia causa la sua neutralità, non avrebbe tratto vantaggio. Spinto da questa motivazione, Mussolini il 10 giugno 1940 dichiarò guerra alla Francia e alla Gran Bretagna. Il Duce intendeva bilanciare l'attivismo tedesco, così attaccò la Grecia; l'impreparazione delle truppe si rivelò però evidente nell'attaccare un paese che era pure governato dalla destra e simpatizzante del fascismo. Mussolini si rese conto degli errori commessi e fu costretto a chiedere aiuto alla Germania.

In Italia il 31 ottobre 1922 sale al governo Benito Mussolini. La nazione inizia una politica espansionistica e il 2 ottobre 1935 inizia una campagna in Etiopia per creare un impero coloniale. Il 5 maggio 1936 viene proclamato l'Impero. Il 7 aprile 1939 l'Italia invase l'Albania e due giorni dopo la annesse. Nel maggio 1939 l'Italia strinse il famoso Patto d'acciaio con la Germania. Allo scoppio della seconda guerra mondiale si dichiarò non belligerante.

L'Impero giapponese invase la Cina nel settembre del 1931 usando la messa in scena del sabotaggio ferroviario di Mukden come pretesto per l'invasione della Manciuria. Anche se il governo giapponese si oppose all'azione l'esercito fu in grado di agire in maniera indipendente e instaurò un governo fantoccio, creando uno stato separato: il Manchukuo.

Il periodo che va dal settembre del 1939 al maggio 1940 divenne noto come la finta guerra - guerra lampo. Le forze tedesche vennero spostate a ovest dopo l'attacco alla Polonia (durato una ventina di giorni) mentre il 17 settembre 1939 l'Armata Rossa sovietica metteva in atto un'invasione da est in applicazione del patto Molo-

tov-Ribbentrop. La Francia si mobilitò lungo il suo confine, pesantemente difeso lungo la famosa Linea Maginot, mentre i britannici inviarono un corpo di spedizione in Francia. Ad eccezione di un breve attacco francese attraverso il Reno ci furono poche ostilità, mentre ambo le parti ammassavano le proprie forze.

Nel frattempo il 30 novembre 1939, l'Unione Sovietica aveva invaso la Finlandia dando il via alla Guerra d'inverno che si concluse nel marzo 1940 con la cessione di alcuni territori finlandesi all'Unione Sovietica che tuttavia, non riuscì a completare l'invasione grazie alla tattica di guerriglia degli avversari sul suolo ghiacciato. Come più tardi risultò chiaro, il significato di questo attacco per l'URSS fu soprattutto dovuto alla consapevolezza che presto la Germania avrebbe attaccato e il retroterra finlandese avrebbe permesso all'URSS di difendere l'avamposto di Leningrado.

Il 9 aprile 1940 la Germania invase e annientò in breve la resistenza di Norvegia e Danimarca. Il 10 maggio 1940 le truppe tedesche attaccarono i Paesi Bassi e il Belgio e da qui, passando per la Foresta delle Ardenne e aggirando completamente la linea Maginot entrarono in Francia dando il via alla battaglia di Francia. La loro tattica della Blitzkrieg (guerra lampo) riuscì a sconfiggere i francesi e le armate britanniche in Francia.

Il 18 giugno la Francia venne investita dall'attacco italiano: I, III, IV e VII armata premettero contro una divisione coloniale e tre divisioni di fanteria. A Badoglio che avrebbe lamentato il fatto che: «l'esercito italiano non avesse neppure le camicie» Mussolini avrebbe risposto: «voi non capite, io ho bisogno di qualche migliaio di morti per sedermi al tavolo di pace». La propaganda francese considerò l'attacco alla Francia come pugnalata alla schiena. Nonostante la rotta generale dell'esercito francese, le truppe italiane non riuscirono a sfondare le linee nemiche. Al termine della Battaglia delle Alpi Occidentali a favore dell'Italia ci furono solo alcuni aggiustamenti territoriali (Mentone) e la smilitarizzazione della fascia di confine.

Le conseguenze della guerra non tardarono a farsi sentire per l'Italia: il 14 giugno, dopo soli quattro giorni dalla dichiarazione di guerra, Genova venne bombardata da Inglesi e Francesi. Inoltre a causa del mancato preavviso la flotta mercantile perse all'improvviso, tutto il naviglio che si trovava nei porti di nazioni divenute ostili.

Il 10 giugno i tedeschi attraversarono la Senna, l'esercito francese si ritirò disordinatamente sulla Loira, il gen. Weygand annunciò che il fronte fu definitivamente sfondato. Il governo francese si trasferì da Parigi a Tours mentre lo raggiunse la notizia che l'Italia stava per dichiarare guerra alla Francia e alla Gran Bretagna.

L'11 giugno il governatore militare di Parigi gen. Hering, annuciò che la città fu dichiarata "città aperta" e venne occupata dai tedeschi il 14 giugno, risparmiando così la città da incursioni aeree o di artiglieria. Intanto anche Reims cadde in mano tedesche, l'esercito francese risultò ormai decimato e praticamente inoffensivo.

Nella notte del 16 giugno Reynard si dimise dall'incarico di Presidente del Consiglio francese a causa di divergenze con il Consiglio dei Ministri in merito alla discussione sulla proposta di De Gaulle (trasferitosi a Londra il giorno prima) di un "Unione franco-britannica" in sostanza la fusione dei due stati in uno solo. Il maresciallo Philippe Petain formò subito un nuovo gabinetto e incaricò il suo Ministro degli Esteri Paul Baudouin di chiedere l'armistizio ai tedeschi. Tramite l'ambasciatore spagnolo a Parigi il governo francese presentò ufficialmente la richiesta di armistizio. Intanto la Wehrmacht conquistò Digione, aggirò la Linea Maginot e nel giro di pochi giorni invase Brest, Nantes e Samur dopo aver già conquistato tra le altre Caen, Rennes e Le Mans.

Il 19 giugno il governo tedesco si dichiarò pronto a far conoscere le clausole per la cessazione delle ostilità e richiese l'invio di plenipotenziari suggerendo al governo francese di mettersi in contatto con l'Italia per trattative analoghe. Suggerimento applicato già dal giorno seguente; ciò fece in modo di fermare l'attacco armato delle truppe armate iniziato tre giorni prima.

Alle 15,30 del 21 giugno Hitler ricevette i plenipotenziari francesi, le condizioni della resa furono molto pesanti: 3/5 del territorio na-

*zionale verranno occupati dall'invasore, non saranno resi prigio-
nieri, le spese di occupazione verranno fissate a discrezione del
vincitore, l'esercito sarà ridotto a centomila uomini.*

*Il 22 giugno alle ore 18,30 il rappresentante della delegazione fran-
cese gen. Huntzinger e il gen. Keitel, Capo di Stato Maggiore della
Wehrmacht, firmarono l'armistizio. Vennero lasciate alla Germania il possesso di Parigi, del nord e di tutta la costa atlantica, mentre la Francia centro-meridionale rimaneva indipendente con le
sue colonie, e il governo si insediava nella cittadina di Vichy. Nonostante le assicurazioni francesi che in nessun caso la flotta sarebbe stata consegnata ai tedeschi o agli italiani, l'Ammiragliato
britannico diede avvio ad un'azione (nota come Operazione Cata-
pult) volta a devitalizzare le navi da guerra francesi che lasciata la
Francia, erano ancorate nelle basi algerine di Mers el Kebir e
Orano. Il risultato di questa azione, oltre a mille morti fra i marinai
francesi, fu estremamente controproducente. Le navi francesi che
furono in grado di farlo rientrarono a Tolone, mentre quelle alle
quali fu impossibile (come la corazzata Richelieu) reagirono ener-
gicamente a qualunque tentativo alleato di penetrare in Nordafrica.
Una minima percentuale dei marinai francesi internati in Gran
Bretagna aderì in seguito alla Francia libera.*

*Il 24 giugno alle 19,15 a Villa Olgiata presso Roma, il gen. Hun-
tzinger e il gen. Badoglio firmano l'armistizio tra Italia e Francia,
mentre poche ore più tardi alle 1,35 del 25 giugno entra ufficialmente in vigore l'armistizio franco-tedesco.*

*Nel giugno del 1940 l'Unione Sovietica occupò la Lituania, l'Esto-
nia e la Lettonia.*

*Non trovando vie per una pace con la Gran Bretagna la Germania
iniziò una campagna di bombardamenti strategici che venne chiamata dai britannici The Blitz. Quella che passò alla storia come la
battaglia d'Inghilterra (10 luglio - 31 ottobre 1940) però non ottenne i risultati sperati: se inizialmente la Luftwaffe bombardava i
centri di controllo della Royal Air Force, in seguito la tattica si
trasformò nel semplice bombardamento terroristico di Londra. Ciò
permise alle fabbriche inglesi di produrre aerei in gran quantità e*

alla RAF di ottenere il dominio dei cieli indispensabile per contrastare l'Operazione Leone Marino, l'invasione della Gran Bretagna già pianificata dal comando tedesco ma mai realizzata.

Allo scopo di portare la Gran Bretagna alla sottomissione la Germania attuò anche un blocco navale, la Battaglia dell'Atlantico, svolta soprattutto dai famigerati U-Boot. Secondo una teoria accreditata, in realtà Hitler perseguì malvolentieri la campagna contro la Gran Bretagna, ritenendo che l'avversario inglese fosse ormai fuori combattimento e che prima o poi avrebbe chiesto un armistizio. Tutti i suoi piani erano rivolti all'Est, alla campagna contro l'Unione Sovietica, e pertanto non allocò alla battaglia d'Inghilterra tutte le risorse che avrebbe dovuto e potuto impiegare.

Il 28 ottobre 1940 su personale iniziativa di Benito Mussolini l'Italia invase la Grecia partendo dalle basi in Albania. Sebbene in inferiorità numerica le forze greche respinsero gli invasori penetrando anche in Albania, dando agli alleati la loro prima vittoria e costringendo Mussolini a chiedere aiuto ai tedeschi. I caduti italiani nell'attacco alla Grecia furono più di tredicimila.

Con Roosvelt eletto presidente per la terza volta, gli Stati Uniti si proclamarono dapprima neutrali, in seguito non belligeranti. Nel 1941 Roosvelt e Churchill siglarono la Carta Atlantica, una dichiarazione di principi contro il fascismo. In Africa gli inglesi si impadronirono delle colonie italiane dell'Africa orientale, mentre la situazione a nord si stabilizzò con la controffensiva iniziata con l'arrivo dei tedeschi agli ordini di Rimmel.

Lo stallo venutosi a creare in Grecia fu affrontato e risolto con l'invasione tedesca della Yugoslavia prima e della Grecia poi. Questa tuttavia non era nei piani di Hitler, che dovette risolversi a un tale passo vista l'inefficacia dell'attacco italiano. Dovendosi concentrare sui Balcani, la Germania dovette posporre l'invasione dell'Unione sovietica, già nei piani di battaglia fin dall'inizio del conflitto, e per Hitler strategicamente ben più importante. Intanto il 13 aprile Stalin mise a segno un colpo strategico a suo favore: firmò con il Giappone il Patto nippo-sovietico di non aggressione di durata quinquennale, con il quale si coprì le spalle da un attacco giapponese che, in caso di guerra con la Germania di Hitler, avrebbe esposto l'Unione Sovietica a combattere su due fronti. Per la Royal Navy la situazione nel Mediterraneo si fece difficile. Nonostante la brillante vittoria contro gli italiani presso battaglia di Capo Matapan (27 marzo), la Mediterranean Fleet subì pesanti perdite durante le operazioni per l'evacuazione della Grecia. In autunno il sommergibile tedesco U311 colò a picco la corazzata Barham, e in dicembre andarono perdute anche la Valiant e la Queen Elizabeth, ad opera dei mezzi d'assalto della marina italiana. Nel corso dello stesso anno la Mediterranean Fleet aveva perduto la portaerei Ark Royal, l'incrociatore pesante York, gli incrociatori Gloucester, Calcutta, Neptune, Fiji e numerosi cacciatorpediniere e unità minori. Gravi danni aveva subito anche la corazzata Nelson, silurata da aerei italiani, e le portaerei Illustrious e Formidable, gravemente danneggiate da bombardieri tedeschi. Le difficoltà create dalle pesanti perdite non impedirono alla flotta britannica di infliggere a sua volta gravi danni al traffico di rifornimenti tra Italia e Libia. Per quanto duramente provata dai bombardamenti aerei, la piazzaforte di Malta rimase una pericolosa spina nel fianco dei rifornimenti italo-tedeschi.

Il 22 giugno la Germania attaccò l'Unione Sovietica, rompendo il patto di non aggressione con l'operazione Barbarossa. I russi furono colti ampiamente impreparati ma i tedeschi conquistarono faticosamente vaste aree di territorio catturando centinaia di migliaia di soldati nemici. I sovietici si ritirarono distruggendo tutto ciò che lasciavano al nemico e riposizionando in zone più remote gran parte dell'industria pesante, togliendola così dalla linea del fronte. Una tenace e disperata difesa impedì alla Germania di conquistare Mosca (che comunque non era uno degli obiettivi di Hitler, almeno inizialmente) prima dell'arrivo dell'inverno. La Germania che si aspettava di finire la campagna in pochi mesi, non aveva le proprie armate equipaggiate per il combattimento nel rigido inverno russo.

Le truppe presenti in Africa orientale dopo i primi effimeri successi (Conquista di Cassala e occupazione della Somalia britannica), furono presto isolate. Nella primavera la maggior parte dell'Africa Orientale Italiana fu occupata dalle truppe britanniche. L'ultima piazzaforte italiana a cadere in mano inglese fu Gondar, dopo strenua difesa da parte del colonnello Guglielmo Nasi (27 novembre 1941 Battaglia di Gondar).

Il 7 dicembre 1941 con un'operazione a sorpresa, il Giappone bombardò il porto di Pearl Harbor distruggendo ed affondando la maggior parte delle navi alla fonda. La risposta statunitense fu immediata, il giorno dopo gli Stati Uniti d'America entrarono in guerra contro il Giappone ed i suoi alleati. L'escalation giapponese fu rapida e violenta. Malesia, Singapore, Birmania e Nuova Guinea vennero rapidamente invase. La resistenza statunitense nelle Filippine venne anch'essa rapidamente liquidata. La "forza Z", una squadra navale britannica composta dalla corazzata Prince of Wales e dall'incrociatore da battaglia Repulse venne annientata dall'aviazione della Marina Imperiale Giapponese che in quel momento aveva gli equipaggi meglio addestrati alla guerra aeronavale.

La potenza nazista cercò di ottimizzare le proprie forze d'attacco e d'occupazione; SS e Gestapo organizzarono con spaventosa efficienza il rastrellamento degli ebrei deportandoli nei campi di lavoro, concentramento o sterminio. Si stima che furono circa sei milioni gli ebrei ammazzati, con l'aggiunta di slavi, omosessuali e oppositori politici. Nel 1942 fu stipulata l'alleanza tra Gran Bretagna e URSS.

Grazie alla loro flotta gli inglesi respinsero lungo la costa i tedeschi anche nel nord dell'Africa. Una decisiva svolta della guerra si ebbe sul fronte orientale; dopo circa otto mesi di combattimenti serrati e assedi, tutte le legioni nazifasciste dovettero ritirarsi ed iniziò allora la terribile ritirata di Russia.

Anche sul fronte del Pacifico le cose cambiarono; le capacità industriali spostarono l'equilibrio a favore degli Stati Uniti, i quali riuscivano a rimpiazzare ed infoltire la loro flotta molto più velocemente dei giapponesi.

L'esercito tedesco portò nuovi attacchi, ma sembrò incapace di scegliere tra un attacco diretto a Mosca e la cattura dei pozzi petroliferi del Caucaso. Nell'ambito dell'operazione Torch sbarcarono sulle coste algerine truppe americane in aiuto a quelle inglesi impegnate nella battaglia contro l'Afrika Korps. Intanto sul fronte russo combattevano anche i soldati del corpo di spedizione italiano, il CSIR che arrivò nell'estate del 1941 e che venne rinforzato dall'ARMIR giunto nell'estate del 1942, e che resterà coinvolto in una disastrosa ritirata. Mosca venne ancora una volta risparmiata, e alla fine del 1942 i sovietici riuscirono a schiantare le linee del fronte dell'Asse a sud e a circondare la Sesta Armata Tedesca nella battaglia di Stalingrado.

Nel febbraio 1943 i miseri resti di un'armata tedesca forte di trecentomila uomini si arresero a Stalingrado. Nella primavera del 1943 i tedeschi furono in grado di reagire con successo nella terza battaglia di Kharkov, ma la loro offensiva nella gigantesca battaglia di Kursk (luglio 1943) fu così fallimentare che i russi furono in grado di contrattaccare e di recuperare il terreno perduto. Da quel momento in poi l'Armata Rossa avrebbe avuto l'iniziativa ad est.

Al disastro tedesco di Stalingrado ne seguì un altro in Tunisia, con la perdita dell'ultimo caposaldo dell'Asse in Nordafrica e la cattura di un quarto di milione di soldati tedeschi e italiani (maggio 1943). Subito dopo gli Alleati usarono il Nordafrica come trampolino di lancio per l'invasione della Sicilia, l'Operazione Husky (luglio 1943) e dell'Italia continentale (settembre 1943) che Churchill descrisse come "il ventre molle dell'Europa". Tale operazione non fu ben vista dagli alti comandi alleati perché in quel momento si stava preparando l'imponente Operazione Overlord, infatti i soldati alleati avevano a malapena le armi per combattere. Il 25 luglio Mussolini fu destituito e sostituito con il Maresciallo Pietro Badoglio. L'Italia si arrese firmando l'armistizio il 3 settembre, reso poi pubblico l'8 settembre, ma le truppe tedesche si mossero a disarmare gli italiani e a difendersi in Italia da soli. Essi stabilirono una serie di resistenti linee difensive sulle montagne, ed i progressi degli alleati rallentarono.

Dopo le vittorie in Africa, le truppe anglo-americane sbarcarono a luglio in Sicilia, rendendo instabile la situazione interna italiana e minacciando la posizione di Mussolini. I tedeschi reagirono occupando l'Italia, il re e Badoglio fuggirono a Brindisi, lasciando il Paese allo sbaraglio. I tedeschi iniziarono così numerosi stragi civili e militari. L'esercito nazista liberò Mussolini e lo pose a capo della Repubblica Sociale Italiana (o Repubblica di Salò). Scoppiò una vera e propria guerra civile tra i partigiani e le milizie di Salò, che tentavano di combattere la Resistenza.

I sovietici incalzavano i resti della spedizione nazifascista liberando una località dietro l'altra. Anche i giapponesi nonostante l'impiego dei kamikaze, erano alle strette.

Il 20 febbraio gli statunitensi iniziarono una settimana di bombardamenti delle fabbriche di velivoli tedesche. Nello stesso giorno gli Stati Uniti catturarono l'Isola di Eniwetok. Mentre l'offensiva sovietica sul fronte orientale logorava le armate tedesche facendole arretrare oltre i confini originali dell'URSS, gli Alleati invasero la Francia settentrionale con l'Operazione Overlord il 6 giugno 1944 e liberarono gran parte di Francia, Belgio e Olanda nella fine dell'anno. Contemporaneamente all'invasione della Francia, gli Alleati conquistarono Roma (4 giugno) e in poche settimane, il resto dell'Italia Centrale fino ad entrare in Romagna, dove vennero occupate le località cariche di un forte valore simbolico: di Predappio paese natale di Mussolini, e di Forlì la "Città del Duce". Dopo una disperata reazione dell'esercito tedesco nell'Offensiva delle Ardenne ("La battaglia dei giganti") del dicembre 1944, gli Alleati entrarono in Germania.

Il quadro dei rapporti internazionali sorto attorno al secondo anno del conflitto vede nella seconda metà del 1945 il suo definitivo deterioramento. Gli eventi militari cominciano a delineare l'imminente revisione delle alleanze, così che mentre l'armata tedesca subisce il suo definitivo annientamento sui tre fronti europei, già si vengono chiarendo quali sono i veri interessi in gioco da parte di Stati Uniti e Unione Sovietica.

Non c'è dubbio che un ruolo importante nel cambiamento dello scenario mondiale lo ebbe il nuovo presidente degli Stati Uniti Harry S. Truman, portatore di interessi e tendenze sociali che da anni covavano un profondo risentimento per i principi ispiratori del riformismo rooseveltiano del New Deal. E soprattutto per la sua tolleranza verso il "nemico" per antonomasia: l'URSS.

In quest'ottica la storiografia contemporanea, avvantaggiata dalla conoscenza di documenti diplomatici solo recentemente desecretati, tese a leggere tutta la fase finale del conflitto mondiale, e soprattutto gli eventi legati alla Guerra civile in Grecia e alla liberazione dell'Italia del nord, più nell'ottica della politica di contenimento del comunismo che in quella più ideale, e finora indiscussa, di un ristabilimento incondizionato della libertà e della democrazia. I compromessi degli Alleati con la mafia siciliana, l'intolleranza nei confronti dei partigiani greci, le trattative già in atto fin dal '45 con i gerarchi nazisti minori, i bombardamenti indiscriminati operati in Italia e Germania a guerra quasi conclusa come forma di ammonimento nei confronti dell'Armata Rossa: tutto concorse a tracciare un quadro politico già definito nei termini di un confronto tra i "blocchi", per il quale tutto era considerato lecito, da entrambe le parti.

Il 4 febbraio Stalin, Roosvelt, e Churchill si incontrarono nella Conferenza di Jalta per decidere l'assetto del mondo a guerra finita. Venne stabilita la divisione della Germania in 4 zone e fu creata l'ONU, un'organizzazione mondiale in cui veniva garantita la permanenza come membri del Consiglio di Sicurezza a cinque Paesi vincitori della guerra: Stati Uniti, Gran Bretagna, URSS, Francia e Cina.

Le operazioni degli alleati in Italia ristagnavano, mentre molto attiva restava la Resistenza partigiana, che il 25 aprile diede l'ordine di insurrezione generale. Mussolini fu catturato mentre era in fuga e venne ucciso dai partigiani il 28 aprile; il suo corpo rimase appeso a Milano alcuni giorni. Da ovest gli angloamericani entrarono in Germania liberando una città dietro l'altra; i sovietici passarono per Ungheria e Austria, congiungendosi con gli alleati *in una morsa attorno a Berlino. Quando ormai anche l'ultimo rifugio non offriva più riparo, Hitler si suicidò rifiutando l'idea di arrendersi.*

Il 7 maggio la Germania capitolò.

Ormai è accertato infatti, che il Giappone non costituiva più, almeno dall'inizio dell'anno, una seria minaccia per nessuno; che esso gran parte (soprattutto dopo la sostituzione del governo Tojo con quello Koiso) della classe politica del paese era alla ricerca di uno spiraglio attraverso il quale uscire con un minimo di onore dalla guerra, ma questo cozzava contro la decisione alleata di accettare solo una resa incondizionata. In un'ottica che già prefigurava la guerra fredda l'obiettivo statunitense era di impedire l'occupazione russa di parte del Giappone conquistandolo anzitempo ed a questo fine erano già pronte dieci armi nucleari.

Bisogna infatti ricordare che dopo la campagna di Okinawa negli alti comandi alleati si era diffusa la convinzione che un sbarco in Giappone sarebbe stato un massacro tuttavia tali tesi erano contrastate dall'analisi (generalmente condivisa) che il Giappone avendo perso il 90 per cento della sua marina mercantile e la quasi totalità della flotta di superficie si sarebbe dovuto presto arrendere per fame, tesi avvalorata dai sondaggi di pace effettuati dall'imperatore tramite l'ambasciata a Mosca.

Alla conferenza apertasi a luglio nel sobborgo berlinese di Potsdam, Truman e Stalin non avevano più nulla da dirsi: ciascuno dei due perseguiva già piani strategici e politici in netta rotta di collisione. E Churchill, forse il vero grande stratega di tutta l'immensa tragedia appena conclusa, era appena stato "licenziato" dai suoi concittadini, stanchi di guerra e di retorica.

Il neopresidente Truman (dopo la morte di Roosvelt) diede l'ordine per l'utilizzo della bomba atomica. Il 6 e il 9 agosto vennero scagliate due bombe su Hiroshima e

Nagasaki provocando milioni di morti. Il 14 agosto anche il Giappone si arrese e così finiva la seconda guerra mondiale."

Terminata la sua lezione la guida si sedette sulla poltrona della carrozza con fare esausto, si posizionò sola in un angolo con la sua minerale e tanta sofferenza dentro.

Conrad si avvicinò.

Delle lacrime scivolavano giù creando solchi sulle guance della donna.

Conrad capì che c'era qualcosa di intimamente sconvolgente in quel suo comportamento e, come preso da una forza interiore si sedette accanto a lei le prese la mano ed esclamò: "Tuo padre era prigioniero vero?"

La donna sconvolta guardò Conrad senza però ritirare quella presa sconosciuta ma così confortante e sicura. Quel tocco era così familiare, fraterno che nulla avrebbe fatto per sottrarsi a essa.

"Come lo sa?" rispose la guida

"Diciamo che ho la fortuna di capire le persone tramite uno sguardo" rispose Conrad "tranquilla non aver paura. Tuo padre prima di essere fatto prigioniero, abitava con tua mamma in una bella collina verde dai pascoli lussureggianti."

La donna a bocca aperta ascoltava Conrad che sembrava non fosse più lui a parlare:" Il tuo nome è Elena hai sessanta anni e sei sposata con due figli ormai grandi vero? Tranquilla non avere paura; tuo padre e tua madre hanno vissuto un sogno fino a che non è scoppiata la guerra e tuo padre è stato fatto prigioniero. Una tragedia che ha sconvolto la vita di tua mamma anche perché aspettava un bimbo in quell'anno anzi, una bimba che ha chiamato con il bellissimo nome di Elena: il nome tanto amato da papà. Una bimba bellissima, la gioia più grande per quel papà che da lassù l'ha amata e la ama tanto; tutte le stelle che cadevano eran fiori lanciati per il suo compleanno, per il suo matrimonio, e per tutte le più belle cose che il buon Dio le aveva donato come i suoi due figli: i nipoti che lui non ha mai potuto abbracciare.

Sappi che tuo papà è orgoglioso di te e vi è sempre vicino. Quando potrai, da un bacio ai bimbi da parte del nonno che dall'alto li osserva, li ama tanto e gli augura tutte le più belle cose del mondo."

La donna piangente non riusciva a capire come facesse Conrad a conoscere così bene la propria storia e di sua madre, ma non volle dirgli nulla, non voleva rompere quella magia che si era creata.
Fu solo uno sguardo di lei a darle una risposta. "Da parte di tuo papà!" esclamò Conrad con una carezza al viso della donna, la quale capì che c'era qualcosa di diversamente strano quasi di sovrannaturale e che non avrebbe mai voluto sapere cosa, proprio per non svelare niente che avesse rotto quell'incantesimo.
Conrad tornò al proprio posto dove stava riposando Letizia, un ultimo sguardo alla donna e un occhiolino di pace e serenità che i due non si rincontrarono più, chissà forse viaggiavano in vagoni separati o forse la donna aveva già assolto il suo compito ed era scesa dal treno in qualche collinetta passata.
Il viaggio proseguiva, Conrad anche se in silenzio era incredulo delle doti che giorno dopo giorno, andavano crescendo e perfezionandosi.
Adesso era lui che parlava al posto di coloro che non c'erano più!
Una cenetta leggera e una sana dormita nelle cuccette accompagnarono il gruppo in direzione centro Italia.
Alle sette del mattino il treno fermo alla stazione di Firenze e precisamente a Santa Maria Novella, attese che tutti fossero scesi.
All'interno della stazione venne consumata la prima colazione al locale bar dopodiché usciti fuori, il gruppo iniziò a girovagare per le vie della città.
Con tutto il tempo possibile in quanto si sistemarono in albergo e sarebbero rimasti per due o tre giorni in quella città. Il gruppo proseguì per musei alla ricerca di fatti e storia del luogo.
Una visita a Palazzo Vecchio e a Palazzo Pitti, fecero crescere la voglia di sapere di più sulla vita sociale e artistica della città.
Cosa c'è di più bello di un pensierino d'oro sul ponte Vecchio sopra "l'Arno d'Argento"?
Fu questa l'idea, un dono di sincera amicizia a Letizia, un braccialetto acquistato su Ponte Vecchio.

Passarono il pomeriggio così a visitar musei e camminar per strade Fiorentine, Piazzale Michelangelo, il Duomo e tutti quei luoghi che hanno reso Firenze, la Firenze nel mondo.
Il giorno successivo lo dedicarono alla biblioteca cittadina dove un signore alto, magro con dei baffetti appena pronunciati avrebbe parlato loro e risposto a tutto ciò fossero interessati.
Naturalmente il colloquio andò a cadere sull'alluvione del quattro novembre del 1966, che fu uno dei più gravi eventi alluvionali accaduti in Italia e causò forti danni non solo a Firenze ma in gran parte della Toscana e più in generale a tutto il paese.
Il ricordo di coloro che perirono e dei soccorritori chiamati poi gli Angeli del Fango.
Conrad ascoltava tutto ciò preso da un interesse sempre crescente, Letizia e tutti gli altri seduti ascoltavano la lezione della guida fiorentina.
Guardandosi attorno notò centinaia di volumi; ne prese uno che gli sembrava meno polveroso degli altri.
All'interno c'erano dei ritagli di giornale, capì subito cosa fosse.
Era un libro di un periodo nero per Firenze e di tutto l'Hinterland: il periodo del mostro di Firenze.
Alzò la mano per chiedere il permesso di poter sfogliare il libro al signore il quale alzatosi e diretto verso Conrad, prese il testo dicendo che sarebbe stata una lezione da ricordare a tutti.
La guida tornò al proprio posto e aperta la prima pagina lesse.

"Mostro di Firenze è la denominazione sintetica utilizzata dai media italiani per riferirsi all'autore o agli autori di una serie di otto duplici omicidi avvenuti fra il 1968 e il 1985 nella provincia di Firenze.
L'inchiesta avviata dalla Procura di Firenze portò alla condanna in via definitiva di due uomini identificati come autori materiali dei delitti, i cosiddetti compagni di merende: Mario Vanni e Giancarlo Lotti mentre un terzo, Pietro Pacciani, condannato in primo grado a più ergastoli e successivamente assolto in appello, morì prima di essere sottoposto ad un nuovo processo di appello, da celebrarsi a

seguito dell'annullamento della sentenza di assoluzione da parte della Cassazione.

I reati del mostro di Firenze si svilupparono nell'arco di più di un decennio, e riguardarono giovani coppie appartatesi nella campagna fiorentina in cerca di intimità. Le costanti della vicenda attengono anche ai mezzi usati e al modus operandi dell'omicida: i delitti avvennero nelle medesime circostanze di tempo e di luogo. Tranne nel duplice omicidio del 1985, in cui le vittime erano in una tenda da campeggio, tutte le altre coppie di vittime erano all'interno di autoveicoli. Luoghi appartati e notti di novilunio, o comunque con cielo coperto, quasi sempre d'estate, nel fine settimana o in giorni prefestivi.

Fu sempre stata usata la stessa arma da fuoco, identificata in un modello di pistola Beretta appartenente alla serie 70, calibro 22 Long Rifle, in commercio dagli anni Cinquanta, probabilmente un modello con canna lunga, sviluppata come propedeutica alla disciplina sportiva del tiro a segno, caricata con proiettili Winchester marcati con la lettera "H" sul fondello (provenienti da almeno due scatole da 50 cartucce ciascuna), con palla in piombo nudo e con palla in piombo ramato galvanicamente.

In quattro degli otto duplici omicidi, l'assassino asportò il pube delle donne uccise, negli ultimi casi anche il seno sinistro delle malcapitate vittime. I luoghi dei delitti (Vicchio, Calenzano, Scopeti, ecc.) erano per lo più stradine sterrate nascoste, chiamate tratturi, o piazzole frequentate da coppie. Ciò portò a pensare che l'assassino fosse una persona esperta dei luoghi e ad ipotizzare che seguisse le sue vittime a distanza.

La notte del 21 agosto 1968, all'interno di una Alfa Romeo Giulietta bianca posteggiata presso una strada sterrata vicino al cimitero di Signa, vennero assassinati Antonio Lo Bianco, muratore siciliano di 29 anni, sposato e padre di tre figli, e Barbara Locci, casalinga di 32 anni, di origini sarde. I due erano amanti, la donna era sposata con Stefano Mele, un manovale sardo emigrato in Toscana alcuni anni prima. La coppia aveva passato la sera al cinema di Signa dov'era in proiezione un film dal titolo inquietante "Nuda per un pugno di eroi". Si è ipotizzato che l'omicida avesse seguito le sue vittime già nel locale.

Al momento dell'aggressione, intorno alla mezzanotte, i due erano intenti in preliminari amorosi. Sul sedile posteriore dormiva Natalino Mele, di 6 anni, figlio di Barbara Locci e Stefano Mele. L'assassino si avvicinò all'auto ferma ed esplose complessivamente otto colpi da distanza ravvicinata, quattro colpirono la donna e quattro l'uomo. Verranno repertati cinque bossoli di cartucce calibro 22 Long Rifle Winchester con la lettera "H" punzonata sul fondello. Alle 2:00 del mattino del 22 Agosto, il piccolo Natalino Mele suonò alla porta di un casolare sito in via del Vingone 54, ad oltre 2 chilometri di distanza da dove era parcheggiata l'automobile del Lo Bianco. Il proprietario, sveglio per via del figlio malato che aveva chiesto dell'acqua, si affacciò immediatamente alla finestra, e davanti alla porta vide il bambino che scorgendolo a sua volta gli disse: "Aprimi la porta perchè ho sonno, ed ho il babbo ammalato a letto. Dopo mi accompagni a casa perchè c'è la mi' mamma e lo zio che sono morti in macchina.". Dopo averlo soccorso, l'uomo chiese a Natalino cosa fosse successo, e questo stentatamente riferì altri particolari sul suo arrivo fin li': "Era buio, tutte le piante si muovevano, non c'era nessuno. Avevo tanta paura. Per farmi coraggio ho detto le preghiere, ho cominciato a cantare la tramontana... La mamma e' morta, e' morto anche lo zio. Il babbo e' a casa malato." I Carabinieri, chiamati mezz'ora dopo dal signor De Felice, il padrone di casa, si misero alla ricerca dell'auto portandosi dietro il piccolo Mele. Intorno alle 3:00 del mattino l'auto venne ritrovata nella stradina che si trovava su via Castelletti, a 100mt dal bivio per Comeana.
Le indagini condurono al marito della donna, Stefano Mele, 49enne manovale originario di Fordongianus in provincia di Cagliari, che si sospettò possa aver commesso il delitto per gelosia. Questo elemento fu tuttavia reso piuttosto implausibile dal fatto che lo stesso Stefano Mele aveva più volte in passato esternato un temperamento decisamente succube, giungendo persino ad ospitare in casa sua

per diverso tempo Salvatore Vinci, suo amico ed amante della moglie (i pettegolezzi del paese insinuavano persino che l'uomo, al mattino, portasse il caffè a letto agli amanti). Inoltre una perizia psichiatrica accertò che l'uomo era affetto da ritardo mentale, tanto che in sede processuale gli venne riconosciuta la seminfermità mentale.

Il 23 agosto, dopo 12 ore di interrogatorio, e dopo aver negato inizialmente un suo coinvolgimento ed aver gettato sospetti sui vari amanti della moglie, arrivò a confessare il delitto. Durante il sopralluogo effettuato quello stesso giorno, l'uomo mostrò di conoscere alcuni particolari che solo chi fosse stato presente all'omicidio poteva sapere, ma al contempo risultò totalmente incapace di maneggiare un'arma, e sbagliò il finestrino da cui furono sparati i colpi. Passarono poche ore che il Mele ritrattò in parte la confessione, e coinvolse come complice Salvatore Vinci. Disse che fu lui ad avergli fornito l'arma, ed era stato sempre il Vinci a portarlo fino alla stradina di Castelletti con la sua auto. La pistola, dopo aver sparato, il Mele l'avrebbe buttata nel canale che corre lungo il cimitero. Il pomeriggio del 24 Agosto i due uomini vennero messi a confronto, nonostante il Vinci portò un alibi confermato da due testimoni. Il confronto pero' durò molto poco, perché dopo le prime battute Stefano Mele ritrattò ancora e scagionò Salvatore. Non passò mezz'ora che Mele fornì una nuova versione, e questa volta al posto di Salvatore Vinci c'era il fratello Francesco. Il giorno successivo, visto che quella nuova accusa non fu sostenuta da riscontri, Stefano puntò il dito contro un terzo amante della moglie, Carmelo Cutrona. I magistrati intanto stavano nuovamente sentendo il piccolo Natalino Mele, che dopo aver sostenuto per giorni di non aver sentito, ne visto nulla, adesso ammise di aver visto al suo risveglio il padre, e che questo lo avrebbe preso sulle spalle portandolo fino alla casa del Vingone dopo avergli fatto promettere di non dire nulla. E' a questo punto che Mele cedette confermando la versione del figlio, e scagionando le altre persone accusate fino a quel momento. Nonostante le molte incongruenze, e che l'arma non fu mai ritrovata, nel Marzo del 1970 Stefano Mele venne condannato dal tribunale di Perugia in via definitiva alla pena di 14 anni di reclusione.

Durante il processo a Stefano Mele Giuseppe Barranca, cognato di Antonio Lo Bianco, raccontò che la Locci, pochissimi giorni prima del delitto, si era rifiutata di uscire con lui dichiarando che "potrebbero spararci mentre siamo in macchina" e, in un'altra occasione, gli aveva raccontato che c'era un tale che la seguiva in motorino.

Il 15 settembre 1974 ebbe luogo il primo duplice omicidio di apparente natura maniacale; Pasquale Gentilcore di 19 anni, impiegato alla Fondiaria Assicurazioni, e Stefania Pettini, 18 anni, segretaria d'azienda impiegata alla Magif, vennero uccisi in una strada sterrata nella frazione di Rabatta, vicino a Borgo San Lorenzo. Pasquale Gentilcore, dopo aver accompagnato la sorella Cristina alla discoteca TeenClub di Borgo, raggiunse la fidanzata a Pesciola di Vicchio, presso la di lei abitazione. Da li', verso le 22:00, i due giovani ripartirono per raggiungere gli amici che li aspettavano in quello stesso locale per proseguire la serata. Durante il tragitto decisero pero' di appartarsi in un tratturo sulle sponde del Sieve, da loro gia' conosciuto, e normalmente frequentato dalle coppiette della zona. Intorno alla 23:45 (venne appurato sulla base di una testimonianza che udì dei colpi a quell'ora) qualcuno spuntò forse dall'attiguo vitigno e cominciò ad aprire il fuoco.

Pasquale Gentilcore, seduto al posto di guida, venne raggiunto da cinque colpi esplosi da una Beretta calibro 22 Long Rifle, la stessa utilizzata nel delitto del 1968; i colpi mortali arrivarono dal lato sinistro della 127. La ragazza venne raggiunta da tre colpi che tuttavia non la uccisero; venne trascinata fuori dall'auto ancora viva, e uccisa con tre coltellate profonde allo sterno. Dopo averne disteso il corpo dietro l'auto, l'assassino continuò a colpirla per altre 93 volte, ma adesso senza affondare la lama e quasi a contornare il seno ed il pube con strani geroglifici.

Successivamente l'omicida penetrò la vagina della ragazza con un tralcio di vite; particolare questo che, anni dopo, fece pensare ad

*un possibile movente esoterico, ma che poteva anche essere inter-
pretato come un segno di sfregio da parte dell'assassino; considerato che il luogo del delitto era sito in prossimità di alcune piante
di vite, è comunque possibile ipotizzare che il gesto non fosse pre-
meditato. Prima di lasciare il luogo l'omicida colpì con il coltello
anche il corpo esanime di Pasquale .*

*In occasione di questo delitto, scoperto la mattina seguente da un
contadino che abitava e lavorava da quelle parti, vennero ritrovati,
sparsi sul terreno, gli oggetti contenuti nella borsetta della ragazza
(particolare questo che si rivelerà costante in tutti gli omicidi). La
borsa fu invece ritrovata sul far della sera in un luogo poco distante
in seguito ad una telefonata anonima, mentre orologio e anelli della
ragazza non furono più trovati.*

*Pare che il pomeriggio prima di essere uccisa, Stefania avesse con-
fidato ad un'amica di aver fatto uno "strano incontro" con una persona poco piacevole ma non ebbe tempo per approfondire il fatto.
In ogni caso la ragazza non fu la sola, tra le vittime femminili del
maniaco, ad aver lamentato molestie da parte di qualcuno. Qualche
anno dopo i quotidiani tornarono a parlare del caso dopo che la
tomba di Stefania (sepolta assieme al fidanzato, nel cimitero di
Borgo San Lorenzo) fu manomessa e danneggiata da ignoti.*

*Il primo dei due duplici omicidi del 1981 venne commesso nella
notte tra il 6 ed il 7 giugno nei pressi di Mosciano di Scandicci. Le
vittime furono Giovanni Foggi, 30 anni, dipendente dell'Enel, e la
sua ragazza, Carmela De Nuccio, pellettiera di 21 anni. I due erano
fidanzati da pochi mesi e programmavano di sposarsi nell'immediato futuro. La sera del delitto, un sabato, cenarono a casa dei
genitori di Carmela, poi, verso le 22:00, uscirono per una passeggiata e si appartarono con l'auto, una Fiat Ritmo color rame, in
una stradina sterrata sulle colline di Roveta, non lontano dalla discoteca "Anastasia", e in una zona frequentata abitualmente da
coppiette e guardoni.*

*Giovanni venne raggiunto da tre colpi di pistola esplosi attraverso
il finestrino anteriore sinistro, mentre altri cinque proiettili colpirono Carmela. In fase di sopralluogo vennero però rinvenuti solo*

cinque bossoli su otto, un particolare, quello dei bossoli mancanti, che del resto si ripresenterà' ancora nel 1983, nel 1984, e che già' si era verificato nel 1974, e nel 1968. La ragazza venne tirata fuori dalla macchina e trascinata in fondo al terrapieno rialzato su cui scorre la stradina, e proprio qui le furono recisi i jeans e, per mezzo di tre precisi fendenti, le venne asportato interamente il pube. Anche in quest'occasione l'omicida, presumibilmente prima di lasciare il luogo del delitto, colpì con il coltello il corpo esanime del ragazzo.

I corpi dei due giovani furono rinvenuti il mattino dopo. L'uomo era ancora a bordo dell'auto, come nel delitto del 1974. Anche in questa occasione le armi usate furono la Beretta cal.22 ed il coltello, e sempre come allora si verificò l'accanimento sui cadaveri, soprattutto su quello della donna. Ma le analogie non erano finite, perche' stranamente, proprio come a Borgo, la borsetta della ragazza venne rovistata, e il contenuto gettato a terra senza che pero' questa volta risultò mancare nulla.

Nelle fasi successive al delitto del giugno 1981 entrò in scena Vincenzo Spalletti, trentenne, sposato e padre di tre figli. Spalletti era, ai tempi, un autista di autoambulanze presso la Misericordia di Montelupo Fiorentino. Tuttavia era conosciuto in famiglia e presso la "Taverna del Diavolo" - un ristorante della zona - per essere anche un guardone. Il fenomeno del voyeurismo era peraltro in quei tempi marcatamente diffuso nella provincia fiorentina.

La domenica mattina seguente al duplice delitto, Spalletti - rientrato all'alba dopo aver trascorso la serata fuori con un amico guardone - racconterà alla moglie, e ad alcuni avventori di un bar da lui frequentato, di aver visto "due morti ammazzati"; racconterà inoltre particolari inerenti al delitto (in particolare la mutilazione inflitta alla ragazza) che non potevano essere già stati divulgati dagli organi di stampa e dai mass media.

In seguito alle indagini alcune persone testimoniarono di aver visto la sua auto nei pressi del luogo del delitto nella notte del 6 giugno. Spalletti venne quindi arrestato; durante l'interrogatorio affermò di aver letto la notizia sui giornali - cosa impossibile in quanto i giornali che riportarono il fatto non erano stati pubblicati prima di lunedì - e, inoltre, mentì sull'orario di rientro a casa per la notte del delitto. Venne quindi accusato di falsa testimonianza e incarcerato, ma col sospetto che l'assassino potesse essere proprio lui.

Mentre Spalletti si trovava in carcere sua moglie e suo fratello ricevettero diverse telefonate anonime, in cui veniva loro assicurato che il loro congiunto sarebbe stato presto scagionato, cosa che in effetti accadde nell'ottobre dello stesso anno con un altro duplice delitto.

Il 23 ottobre 1981, (giorno di sciopero generale) a soli quattro mesi di distanza dal precedente omicidio, a Travalle di Calenzano vicino a Prato, in località "Le Bartoline", lungo una strada sterrata che attraversa un campo, a poca distanza da un casolare abbandonato, vennero uccisi Stefano Baldi, di 26 anni, operaio tessile di Calenzano e Susanna Cambi commessa di 24 anni. I due giovani, che avrebbero dovuto sposarsi entro pochi mesi, avevano cenato a casa di Stefano la sera prima quindi erano usciti a bordo dell'auto del giovane, una Golf nera, e non avevano più fatto ritorno. La ragazza venne raggiunta e uccisa da cinque colpi, il ragazzo venne invece colpito quattro volte. I proiettili furono marca Winchester con la lettera "H" sul fondello, sparati dalla stessa Beretta calibro 22. In seguito verranno repertati solo 7 bossoli dei 9 complessivi che si sarebbero dovuti rinvenire.

In questo caso l'omicida, per raggiungere la ragazza e compiere l'escissione del pube, fu costretto ad estrarre dall'auto anche il corpo di Stefano. Il corpo della ragazza verrà trovato ad una decina di metri dall'auto, in un canaletto, con la maglia sollevata fino al collo. Il seno sinistro presentò gravi ferite inferte con arma bianca. Anche in questo caso vennero ritrovati gli oggetti contenuti nella borsetta della vittima femminile sparsi nelle zone circostanti il luogo del delitto. Il corpo di Susanna Cambi presentava ferite da arma da taglio, almeno quattro, di cui tre alla schiena.

Questo duplice omicidio fu l'unico della serie a non essere stato commesso nel periodo estivo; molti quindi avanzarono l'ipotesi che fosse stato commesso con la deliberata finalità di provocare la conseguente scarcerazione di Vincenzo Spalletti e nel contempo di comunicare che il colpevole era ancora libero.

Il giorno successivo al delitto, prima del rinvenimento dei corpi, un uomo telefonò alla zia di Susanna chiedendo di parlare con la madre della giovane che, in effetti, in quel periodo era ospite con le due figlie presso la sorella. A causa di un guasto sulla linea tuttavia, la comunicazione venne interrotta subito. Si tratta di un particolare decisamente misterioso considerato che il numero di telefono, appartenente ad un indirizzo nuovo, era provvisorio e quindi nessuno avrebbe dovuto conoscerlo. Secondo quando sostenuto dall'avvocato Nino Filastò, inoltre, poco prima del delitto Susanna Cambi avrebbe fatto capire alla madre di essere pedinata da qualcuno.

La notte del 19 giugno 1982, a Baccaiano di Montespertoli venner uccisi Paolo Mainardi, meccanico di 22 anni, e Antonella Migliorini di 19, dipendente di una ditta di confezioni. I due giovani - soprannominati dagli amici "Vinavil" perché inseparabili - erano appartati a bordo di una piccola Fiat 127, in uno slargo presente sulla strada Virginio Nuova.

L'assassino sopraggiunse favorito dall'oscurità ed esplose alcuni colpi verso la coppia; Paolo venne solo ferito e riuscì a mettere in moto l'auto ed inserire la retromarcia. Probabilmente a causa della concitazione del momento, tuttavia, Paolo non fu in grado di controllare l'auto che attraversò trasversalmente la strada e restò poi bloccata nel fossetto sul lato opposto. A questo punto l'assassino sparò contro i fari anteriori dell'auto e colpì a morte i due giovani. Secondo la versione tuttora condivisa dai più e ammessa al processo, l'assassino in seguito sfilò le chiavi dal quadro d'accensione della vettura e le gettò lontano, presumibilmente in segno di spregio.

Questo delitto si differenziava dai precedenti per almeno due motivi; innanzitutto il luogo in cui avvenne l'aggressione non era appartato; a pochi chilometri di distanza, nel paese di Cerbaia era in corso la festa del Santo patrono, ed il traffico di auto lungo la strada provinciale era ridotto ma costante. In secondo luogo l'omicida, per la prima volta, non eseguì le escissioni dei feticci e non ebbe il tempo materiale per infierire sui cadaveri, probabilmente a causa dei rischi che questa operazione avrebbe comportato, considerato che la macchina era visibilmente disposta in modo innaturale sulla strada.

Il delitto fu infatti scoperto pochissimo dopo da una vettura sopraggiunta nel frattempo. Antonella era morta, Paolo respirava ancora e venne immediatamente trasportato al vicino ospedale di Empoli, dove morì il mattino seguente senza riprendere coscienza. Sul luogo del delitto vennero messi a reperto nove bossoli di calibro 22 Winchester sempre con la lettera "H" punzonata sul fondello.

In quest'occasione il giudice Silvia della Monica, sperando di indurre il mostro a scoprirsi, convocò in Procura i cronisti che si occupavano del caso e chiese loro di scrivere sui giornali che Paolo Mainardi, prima di morire, aveva rivelato importanti informazioni utili alla ricostruzione dell'identità dell'omicida.

Sarà inoltre a seguito di questo delitto che il maresciallo Fiori, 15 anni prima in servizio a Signa, ricorderà del delitto avvenuto nell'estate del 1968, e permetterà la riapertura del fascicolo in cui verranno ritrovati i bossoli repertati quell'anno; sarà così possibile comparare i bossoli e stabilire che a sparare nel 1968 era stata la stessa arma utilizzata nel 1982. Anche questo evento non era privo di dettagli inconsueti in quanto, per legge, gli elementi raccolti nel corso di un processo devono essere distrutti a sentenza avvenuta. Va tuttavia rilevato che la pratica non era generalmente seguita nel caso in cui l'arma del delitto non era stata ritrovata, per l'ovvia necessità di lasciare il campo a successive verifiche, cosa che venne in effetti verificata con i bossoli repertati a Signa nel 1968.

Successivamente al delitto del giugno 1982, che aveva portato gli inquirenti a collegare alla serie di delitti maniacali anche quello avvenuto 14 anni prima a Signa, le indagini si rivolgeranno verso Francesco Vinci, pastore, pluripregiudicato, già chiamato in causa anni prima da Stefano Mele e residente a Montelupo Fiorentino.

Vinci era stato a suo tempo amante fisso della Locci (come il fratello Salvatore) e aveva addirittura abbandonato la famiglia per vivere con la donna, rimediando per questo una denuncia (da parte della moglie) per abbandono del tetto coniugale e concubinato (reato allora ancora punibile in Italia, così come del resto l'adulterio).

Il Vinci venne pertanto posto in stato di fermo con l'imputazione-pretesto di maltrattamenti al coniuge, in modo da poter approfondire alcuni aspetti e raccogliere ulteriori prove per indiziarlo dei delitti del Mostro di Firenze. Tuttavia Francesco Vinci si trovava ancora in carcere al momento in cui si compì un nuovo duplice omicidio, quello del 1983. Considerata l'anomalia del delitto - apparentemente svolto in tutta fretta - molti ipotizzarono che sia stato compiuto con la deliberata finalità di svincolare il Vinci dalle accuse di essere il "mostro di Firenze".

Francesco Vinci fu trovato assassinato nell'agosto 1993 insieme ad un amico, tal Angelo Vargiu, in una pineta nei pressi di Chianni. I loro corpi, incaprettati, erano stati rinchiusi nel bagagliaio di una Volvo data alle fiamme. Si pensò ad un collegamento con la vicenda del "mostro" oppure più probabilmente, date anche le modalità del delitto, ad una vendetta nata in ambienti malavitosi sardi attorno ai quali pare che Vinci gravitasse. Il caso rimase insoluto.

Il 9 settembre 1983 a Giogoli di Scandicci, in un furgone fermo per la notte in uno spiazzo, vennero assassinati due turisti tedeschi, Jens-Uwe Rüsch e Horst Wilhelm Meyer, entrambi di 24 anni, di Münster che al momento dell'aggressione si trovavano a bordo del loro furgone Volkswagen T1 con l'autoradio accesa. I ragazzi vennero raggiunti e uccisi da sette proiettili, sparati con una certa precisione attraverso la carrozzeria del furgone, di cui però vennero repertati solo 4 bossoli Winchester. Le indagini successive al delitto permisero di stabilire che i colpi furono sparati all'incirca da un'altezza di 1 metro e 30 centimetri da terra - il che fece supporre che l'assassino era alto almeno 1 metro e 80 centimetri o anche di più. L'assassino freddò dapprima Meyer con tre colpi in rapidissima sequenza, mentre Rüsch tentò inutilmente la fuga ma venne colpito da quattro proiettili, di cui uno al cervello, e si accasciò sul fondo dell'automezzo.

L'omicida, dopo aver ucciso i due ragazzi, si introdusse nell'abitacolo del furgone e si rese conto di aver assassinato due persone di sesso maschile; probabilmente indotto in errore dall'oscurità e dal fatto che Jens-Uwe Rüsch aveva una corporatura esile e lunghi capelli biondi. I soldi e gli oggetti personali dei due sfortunati ragazzi non furono presumibilmente sottratti.

Le vittime del penultimo delitto del Mostro di Firenze furono Claudio Stefanacci, studente universitario di 21 anni e Pia Rontini di 18 anni, da poco tempo impiegata come barista presso il bar della stazione di Vicchio nel Mugello. L'auto era parcheggiata in fondo ad una strada sterrata che si diparte dalla Strada Provinciale Sagginalese, contro il terrapieno di una collina. Quando vennero aggrediti i due ragazzi erano seminudi sul sedile posteriore della Fiat Panda di proprietà del ragazzo. L'omicida sparò attraverso il vetro della portiera destra colpendo Pia in pieno volto, forse uccidendola sul colpo. Venne colpito alla testa anche il fidanzato.

In seguito l'assassino infierì con diverse coltellate sui corpi dei due ragazzi - colpendo due volte alla gola Pia e una decina di volte Claudio. Pia venne trascinata, già morta, fuori dalla vettura in un vicino campo di erba medica, dove le vennero asportati il pube e il seno sinistro (non è escluso che la ragazza fosse ancora viva al momento delle escissioni). Venne ritrovata con il proprio reggiseno ancora serrato tra le dita della mano destra. La catenina che portava era stata strappata ed era stato rubato il pendente a forma di croce. In questo caso la borsetta non fu stata frugata né manomessa, presumibilmente perché nascosta sotto il sedile del passeggero.

I carabinieri vennero avvertiti da una telefonata anonima giunta prima dell'alba. Anche in questo caso pare che la vittima femminile avesse subito molestie da parte di ignoti nei giorni precedenti al delitto. Un'amica di Pia, conosciuta durante un soggiorno in Dani-marca e che in seguito aveva intrattenuto con lei relazioni di corri-spondenza, riferì tempo dopo di aver ricevuto dalla ragazza una lettera in cui le parlava di un uomo che la infastidiva presso il bar in cui era assunta.

Tale fatto sembrò peraltro avvalorato da un riscontro raccolto in una fase successiva al delitto; il gestore di una tavola calda in lo-calità San Piero a Sieve aveva dichiarato di riconoscere nei due fidanzatini uccisi una coppia che nel pomeriggio del 29 luglio 1984, poche ore prima dell'omicidio, si era fermata presso il suo locale. Subito dopo di loro, secondo il teste, era arrivato un "signore di-stinto" in giacca e cravatta che aveva ordinato una birra e si era seduto all'esterno del locale, senza staccare gli occhi dalla ragazza. Non appena i giovani avevano terminato di mangiare e si erano avvicinati alla cassa, l'uomo aveva bevuto d'un fiato la birra e si era accodato a loro. Il barista, invitato a partecipare ai funerali delle vittime, non riconobbe il "signore distinto" tra i presenti.

L'ultimo duplice delitto (e quello su cui si hanno più particolari e riscontri) avvenne nella campagna di San Casciano Val di Pesa in frazione Scopeti, all'interno di una piazzola attorniata da cipressi in cui erano solite appartarsi le giovani coppie. Le vittime furono due giovani francesi, Jean-Michel Kraveichvili, musicista venticin-quenne, e la trentaseienne Nadine Mauriot, commerciante, madre di due bambine piccole recentemente separata dal marito, entrambi provenienti da Audincourt.

Le vittime erano accampate in una piccola tenda ad igloo a poca distanza dalla strada. L'omicidio fu stato fatto risalire alla notte di domenica 8 settembre 1985, o quantomeno questa fu la data am-messa al Processo a carico dei Compagni di Merende, e tutt'oggi considerata la data del delitto. Tuttavia i due turisti potrebbero es-sere stati uccisi precedentemente, nella notte tra sabato e dome-nica, come i rilievi tanatologici ed entomologici forensi - fatti ese-guire dall'avvocato Nino Filastò al professor Francesco Introna, uno dei massimi esperti del campo - sembrarono suggerire. I parenti della donna dichiararono inoltre che Nadine era attesa ad Audincourt al più tardi la domenica sera, perché il giorno dopo avrebbe dovuto accompagnare la figlia maggiore al suo primo giorno di scuola.

Le modalità dell'aggressione erano simili a quelle precedentemente messe in pratica dall'omicida, eccettuato il fatto che, in questo caso, le vittime non si trovavano in auto ma in una tenda piantata vicino alla propria Volkswagen: il mostro - dopo aver forse reciso con un coltello il telo esterno della tenda, sulla parte posteriore, si spostò verso l'ingresso della tenda e sparò. Nadine morì all'istante, il giovane Jean-Michel, ferito non mortalmente, riuscì ad uscire dalla tenda e a fuggire attraverso il bosco (il ragazzo era un corridore di livello agonistico) ma venne raggiunto dall'omicida che lo finì a coltellate e poi ne occultò il corpo, cercando di nasconderlo in una pila di rifiuti poco distante dalla tenda.

In seguito alle escissioni compiute sul pube e sul seno sinistro, anche il cadavere della donna venne in qualche modo occultato, sistemandolo all'interno della tenda in modo che non fosse stato visibile. In modus operandi particolare attuato dall'omicida in quest'ultimo delitto lasciò presupporre che l'assassino avesse l'intento di ritardare il più possibile la scoperta dei corpi. Infatti un brandello del seno della ragazza venne spedito alla Procura della Repubblica di Firenze in una busta anonima con l'indirizzo composto da lettere di giornali ritagliate, indirizzato alla dottoressa Silvia Della Monica, PM incaricato delle indagini sul mostro. La scoperta dei corpi avverrà, per puro caso, poche ore prima che la lettera giunga in Procura vanificando così il macabro piano dell'omicida. Successivamente al duplice delitto avvenuto a Baccaiano di Montespertoli nel giugno del 1982, e alla riapertura dei fascicoli inerenti il delitto dell'agosto 1968, gli inquirenti si convinsero che il colpevole della catena di omicidi maniacali dovesse essere in qualche modo collocato all'interno del gruppo di sardi che avevano orbitato attorno al primo evento delittuoso della serie.

Questa deduzione fu incentivata e rinforzata dalla nuova evidenza che tutti i delitti erano stati commessi con la medesima arma, di cui vennero ipotizzati o un passaggio di mano dopo la commissione del delitto di Signa del 1968, o una responsabilità marginale di Stefano Mele per quel delitto.

Si pensava quindi che il mostro, non potendo essere Stefano Mele - che era detenuto nel periodo in cui il mostro aveva continuato a colpire - potesse invece essere un altro personaggio appartenente alla sua cerchia di frequentazioni e conoscenze, forse un uomo che era stato in grado di manipolarne il temperamento succube, un personaggio sfuggito alle indagini ed in grado successivamente di perpetrare la scia di sangue. Furono pertanto indiziati ed inquisiti, oltre che a Stefano Mele già giudicato colpevole, Francesco Vinci e suo fratello Salvatore, Giovanni Mele, fratello di Stefano, e Piero Mucciarini, cognato di Giovanni Mele.

Nel 1969 Stefano Mele, ritrattando le accuse contro Francesco Vinci, disse: "Anche Salvatore era un poco di buono. In Sardegna la moglie gli morì con il gas, ma anche lì il bambino fu salvato. Lui aveva la macchina". Il particolare della disponibilità di una automobile apparve subito non da poco. Non si era mai capito infatti come Stefano potesse essere arrivato al cimitero di Signa sul luogo del delitto senza un'auto, che non possedeva. Salvatore Vinci era l'unico ad averne una. Così il giudice Rotella suppose che Stefano avesse indirizzato le accuse contro Francesco Vinci per allontanare i sospetti da Salvatore che pure in un primo momento aveva accusato. Perché Salvatore aveva tanto ascendente su Stefano?

Il motivo delle reticenze di Stefano Mele fu scoperto solo nel 1985 quando si fece luce sulla sconvolgente personalità di Salvatore Vinci: era la vergogna. Con difficoltà, Stefano Mele confessò a Rotella di avere avuto insieme a sua moglie Barbara rapporti etero, ma anche omosessuali con Salvatore Vinci, che del resto aveva fama di essere un vero erotomane: guardone, bisessuale, organizzatore di scambi di coppie. Non solo: aggiunse di essere stato con lui, con la moglie e con il figlio Natalino alle Cascine dove Salvatore faceva congiungere sua moglie con altri uomini restando ad osservare la scena, mentre Mele si allontanava con il figlioletto.

Solo quando nel 1985 Stefano Mele ebbe il coraggio di confessare al giudice la verità dei rapporti sessuali suoi e della moglie e si liberò di quel peso, ritornò diciassette anni dopo a ripetere quella che, come uno sfogo, fu la prima versione dei fatti data la notte stessa del delitto: "Con me c'era Salvatore Vinci". Rotella andò a rivedere l'alibi di Salvatore Vinci per la notte del delitto del 68 e venne trovato debole (a fornirglielo era stato un giovane che era anche amante dell'uomo e, interrogato, non ricordava neppure che giorno fosse).

Un altro indizio, poi, cominciò a pesare su Salvatore: poco prima che lasciasse il suo paese di Villacidro in Sardegna, qualcuno aveva rubato a un suo anziano parente una Beretta calibro 22 comprata in Olanda. Il sospetto fu che tra i Mele e Salvatore Vinci, che doveva loro molti soldi, fosse nato una sorta di accordo: Salvatore li avrebbe liberati definitivamente di Barbara (che gettava discredito su tutta la famiglia con il suo comportamento scandaloso) e loro avrebbero azzerato il suo debito. Salvatore avrebbe preteso la presenza del debole Stefano Mele per farlo poi passare come unico colpevole.

Nel giugno del 1985 Stefano Mele dichiarò che era stato Salvatore Vinci a prospettare l'idea di uccidere la moglie Barbara Locci e il suo nuovo amante Lo Bianco. La donna, nauseata dai loro rapporti omosessuali, non si concedeva più ai due uomini. Salvatore Vinci venne anche arrestato per la vicenda della prima moglie, Barbarina Steri, morta asfissiata con il gas nel 1961 in Sardegna. Rotella era convinto che la giovane donna non si fosse suicidata, ma che fosse stata assassinata dal marito.

Nell'aprile del 1988, tre anni dopo, il processo per la morte di Barbarina si aprì nell'aula della corte di assise di Cagliari, competente per territorio. Fu a tutti evidente che il fine reale dell'accusa non era tanto quello di far condannare Salvatore Vinci per la morte della moglie avvenuta 28 anni prima, quanto quello di dimostrare, attraverso una condanna, che l'uomo era in grado di uccidere e che, quindi, poteva essere teoricamente anche il "mostro di Firenze". Fu chiamato a testimoniare anche il figlio Antonio, ormai adulto, che rifiutò di rispondere. Per tutta la durata dell'udienza figlio e padre si fissarono con odio, ma nessuno dei due disse niente. Tuttavia, le prove portate dall'accusa per quel lontano omicidio erano estremamente deboli e il Vinci fu scagionato. Intanto, durante la detenzione cautelare di Salvatore Vinci nel 1985, si era consumato l'ultimo dei delitti del mostro, quello degli Scopeti, il che fu ovviamente interpretato come una prova scagionante.

È possibile osservare come l'elemento propulsore di questa pista investigativa fosse ancorato ai vecchi metodi d'indagine - la ricerca di presunti colpevoli nell'ambito di figure violente, poco istruite, pregiudicate - e piuttosto inadeguato invece a fronteggiare una situazione che in Italia, allora, non si era mai verificata prima; mancavano gli strumenti idonei per pianificare ed applicare un programma investigativo efficace, mancava infine la cultura del profilo psicologico e criminale. A partire dal 1989 il nuovo pool di magistrati che aveva preso in mano l'indagine abbandonò la "Pista Sarda", concordemente all'emergere di nuove piste investigative che inducevano a cercare altrove.

Di Salvatore Vinci si sono perse le tracce da anni; si è ipotizzato un caso di lupara bianca oppure una fuga volontaria all'estero, probabilmente in Spagna dove pare che l'uomo avesse dei parenti. Precisamente negli anni Novanta le indagini si concentrarono, dopo una segnalazione anonima, su Pietro Pacciani, un agricoltore di Mercatale in Val di Pesa. L'uomo fu poi condannato in primo grado e assolto in appello per i delitti del mostro. Il processo a suo carico però si estinse a causa della sua morte, avvenuta per infarto il 22 febbraio 1998 in circostanze non del tutto chiare.

Nato ad Ampinana il 7 gennaio 1925, ex partigiano soprannominato "il Vampa" per una bravata che gli aveva ustionato il viso, Pacciani era un uomo collerico e violento indipendentemente dal giudizio per i delitti del mostro. A ventisei anni Pacciani sorprende la fidanzata, Miranda Bugli (appena quindicenne), in atteggiamenti intimi con un altro uomo, tal Severino Bonini e uccide a coltellate il rivale costringendo poi la ragazza ad avere un rapporto sessuale proprio accanto al cadavere; al processo l'imputato dichiarerà d'essere stato accecato dal furore avendo visto la fidanzata denudarsi il seno sinistro (proprio quello che in due casi viene asportato alle vittime del pluriomicida). Per questo fatto Pietro Pacciani venne condannato (e scontò) tredici anni di carcere. L'analogia di questo delitto con quelli del "mostro" sarà l'indizio che guiderà gli inquirenti sul Pacciani. La violenza dell'agricoltore si riversò sulla moglie Angiolina Manni (bastonata e costretta a rapporti sessuali) e sulle due figlie Rosanna e Graziella, nutrite con cibo per cani, picchiate, violentate con falli artificiali e zucchine, costrette a visionare foto del padre in pose pornografiche.

Pacciani venne arrestato con l'accusa di essere l'omicida delle otto coppie di giovani il 17 gennaio 1993. Il 1 novembre 1994 iniziò il processo che rivelò le atroci violenze familiari e che si concluse con la condanna dell'imputato a quattordici ergastoli da parte del tribunale di Firenze. Il 13 febbraio 1996 Pacciani (in carcere da 1.100 giorni) fu assolto dalla corte d'appello per non aver commesso il fatto, ma il 12 dicembre la corte di Cassazione annullò l'assoluzione e dispose un nuovo processo che Pacciani non vide mai.

Il 22 febbraio 1998 venne trovato morto nella sua abitazione di Mercatale con i pantaloni abbassati. Un esame tossicologico rivelò nel sangue tracce di un farmaco antiasmatico fortemente controindicato per lui (l'Eolus), affetto da una malattia cardiaca. Le circostanze sospette della morte provocarono ulteriori ombre sulla vicenda che sembrava essere giunta ad una conclusione. I compagni di merende Vanni e Lotti vennero condannati il 24 marzo 1998 mentre il Faggi fu assolto.

Vanni, classe 1927, detto "Torsolo", di professione portalettere, era rimasto particolarmente famoso come inventore involontario della locuzione "compagni di merende", che i media ricavarono dalla caricatura di una sua espressione. Sentito infatti come testimone al processo contro Pacciani, il postino, alla domanda «Signor Vanni, che lavoro fa lei?» rispose in modo inatteso e illogico «Io sono stato a fa' delle merende co'l Pacciani no?», suscitando l'ilarità generale e facendo supporre al pm che fosse stato istruito alle risposte. Il suo continuo, goffo e reticente riferimento a tali "merende", oltre a determinarne l'incriminazione, produsse l'ironico modo di dire, usato per indicare persone legate da un rapporto losco.

Il Vanni dimostrò durante lo svolgimento del processo un atteggiamento ostile nei confronti dei giudici, dettato in maggior parte dall'ignoranza, dall'abuso di alcol, dalla paura e dalla sua età avanzata, che non gli permetteva forse di comprendere lucidamente lo svolgersi delle udienze. Venne allontanato dall'aula dopo aver lanciato una maledizione sul PM e aver dichiarato la sua fede per Mussolini.

Dei "compagni di merende", Vanni fu condannato al carcere a vita. La condanna, per soli quattro degli otto duplici omicidi, fu resa definitiva nel 2000 dalla Corte di Cassazione. Nel 2004 la pena gli venne sospesa per motivi di salute, e Vanni trascorse i suoi ultimi cinque anni di vita in una casa di riposo per anziani non autosufficienti a Pelago, in provincia di Firenze. Ricoverato il 12 aprile 2009 all'ospedale toscano di Ponte a Niccheri morì il giorno dopo. Era l'ultimo compagno di merende ad essere rimasto in vita.

Giancarlo Lotti, detto "Katanga", fu condannato a 26 anni di reclusione per i delitti del mostro. A differenza di Vanni e Pacciani, che protestarono sempre la loro innocenza, Lotti rese confessione, seppur con modalità tali da far avanzare qualche dubbio. Giancarlo Lotti venne scarcerato nel marzo 2002 per gravi motivi di salute. Morì qualche settimana dopo, pare di cirrosi epatica.

Le indagini sui delitti del mostro e sui compagni di merende hanno recentemente condotto gli inquirenti ad ipotizzare l'esistenza di una sorta di sovrastruttura mandante dei delitti. Tale ipotesi si basa su alcune dichiarazioni del teste e imputato Giancarlo Lotti, il quale avrebbe dichiarato che i feticci escissi dai corpi femminili sarebbero stati comprati da personaggi ignoti ed altolocati, e sul ritrovamento di un possibile simbolo esoterico, una piramide di granito colorato (una rara varietà di una pregevole pietra ornamentale, nota come breccia africana) di circa quindici centimetri, rinvenuta ad alcuni metri dai corpi esanimi di Giovanni Foggi e Carmela Di Nuccio in occasione del delitto del giugno 1981.

Altri riscontri di supposta simbologia esoterica si ebbero in occasione dell'ultimo delitto della serie, quello del 1985 a danno dei due turisti francesi; pochi giorni prima di essere assassinati i due si erano accampati in zona Calenzano ma erano stati invitati ad andarsene da un guardacaccia, in quanto il campeggio libero non era consentito in quella zona. In seguito lo stesso guardacaccia aveva rinvenuto, poco distante dal luogo in cui Nadine Mauriot e Jean Michel Kraveichvili si erano accampati la prima volta, tre cerchi di pietre, di cui due aperti ed uno chiuso, contenenti bacche, pelli di animali bruciate e croci di legno. Secondo il parere di alcuni specialisti tali cerchi di pietre potrebbero essere ricondotti a pratiche di tipo esoterico, da collegarsi con le fasi di individuazione, condanna a morte ed esecuzione materiale della coppia.

Nel 2004 venne perquisito (per la terza volta) l'appartamento di un farmacista di San Casciano in seguito alle indagini per gli ultimi quattro omicidi. Questa volta però gli venne notificato anche un avviso di garanzia. L'uomo, secondo l'accusa, era il "mandante" degli omicidi, il cui scopo era quello di prelevare parti anatomiche dai cadaveri per usarle durante riti satanici. La principale testimone dell'accusa fu la moglie, affetta da una malattia mentale.

Il 21 maggio 2008, al termine di un processo con rito abbreviato iniziato nel settembre 2007, Calamandrei (che era indagato anche nell'inchiesta sulla morte di Narducci) venne assolto con formula piena dalle accuse, in quanto il fatto non sussisteva.

Non tutti gli inquirenti e i giornalisti che si occuparono del caso concordarono sulla sentenza di condanna a carico dei compagni di merende, né sull'ipotesi della pista esoterica oggi considerata dagli inquirenti la via per i mandanti degli omicidi. Per esempio, lo stesso profilo del killer tracciato dagli esperti dell' FBI indicava che il "mostro" agì con ogni probabilità da solo, quindi senza il coinvolgimento di mandanti.

Le ipotesi alternative tesero a mettere in luce le ampie e reiterate contraddizioni e inesattezze intrinseche alle dichiarazioni del principale collaboratore Giancarlo Lotti, nonché ad altre evidenti incongruenze relative all'ipotesi della setta satanica.

Tutte le testimonianze di Lotti vennero sottoposte a revisione critica da parte di chi avversava la tesi ufficiale dei compagni di merende e della pista esoterica: il Lotti non sarebbe stato giudicato un teste attendibile a causa delle sue ridotte facoltà mentali e dei benefici di cui avrebbe goduto in quanto "pentito", sia in termini di sostentamento, sia di (seppur paradossale) ritorno di immagine, poiché, in ultima analisi, il supertestimone era una sorta di disadattato deriso e bistrattato da tutti, ben felice di godere di un quarto d'ora di celebrità che lo ponesse improvvisamente al centro di un'attenzione mai avuta prima.

Un'ulteriore prova della inattendibilità di Lotti fu la sua testimonianza sul delitto dei due turisti tedeschi del 1983, secondo cui sarebbe stato costretto dal Pacciani a esplodere i sette colpi. Tuttavia, i sette proiettili calibro 22 (di cui furono repertati solo quattro bossoli Winchester serie H) centrarono con estrema precisione i corpi dei due giovani (uno dei quali, peraltro, si muoveva all'interno del veicolo), in contrasto con il fatto che Lotti non avesse mai usato un'arma da fuoco prima di quell'occasione. Un'altra palese - e vistosa - contraddizione si ebbe quando Lotti, a proposito del delitto di Vicchio, dichiarò come Pia Rontini fosse ancora viva e "strillasse" mentre Vanni e Pacciani la estraevano dall'auto, il che è impossibile dal momento che la ragazza, raggiunta da un proiettile al cervello e trafitta da almeno due coltellate, era probabilmente morta all'istante.

Più in generale, la pista ufficiale dei compagni di merende e della connessa pista esoterica evidenziò queste "debolezze" messe in luce anche nei processi a Pacciani, Lotti, Vanni:

- assoluta anomalia criminologica di delitti seriali commessi da un gruppo di persone;

*- scarsa o nulla aderenza della tipologia dei presunti autori al pro-
filo criminale degli omicidi seriali analoghi a quelli commessi dal
mostro;*

*- base indiziaria dei processi piuttosto labile nel ricondurre alla
figura di Pacciani l'autore materiale dei delitti, mediante ritrovo di
reperti nella sua abitazione (bossolo serie H, blocco da disegno simile a quelli abitualmente usati da Horst Meyer ucciso a Giogoli,
e un portasapone che la sorella del giovane - con molte incertezze
e a dieci anni dal delitto - riconobbe come forse appartenuto al
fratello);*

*- scarsa affidabilità di Pacciani, Vanni e Lotti come ipotetici com-
plici di una setta segreta;*

*- scarsa attitudine fisica di Pacciani e Vanni a commettere gli omi-
cidi contestati, specie quello del 1985 in cui una delle vittime (Jean-
Michel Kravechvilij, che in passato era stato atleta) fu seguita -
probabilmente correndo - per diverse decine di metri prima di essere finita;*

*- incompatibilità dell'omicidio di coppia o di gruppo con le moda-
lità di aggressione tipiche del mostro: il fatto che questi sparasse
alle vittime prima di mutilarle con il coltello indica la necessità di
neutralizzare possibili reazioni o fughe, tanto più indispensabile se
si ammette che il killer agisse da solo e non con la complicità di
terzi che avrebbero potuto agevolmente immobilizzare le vittime o
impedirne la fuga;*

*- coinvolgimento di un eccessivo numero di soggetti in vicende cri-
minose rispetto alle quali, per lunghi anni, non vi furono minimi
indizi o fughe di notizie utili. Si osservi come, in tutti i crimini in
cui vi è alto numero di soggetti coinvolti, vi è esponenziale aumento
di immediati fenomeni di pentimento, fuga di notizie, indiscrezioni,
illazioni, soffiate, etc. che rendono il sodalizio criminale altamente
instabile;*

*- estrema difficoltà a collegare tutti i delitti alle esigenze della ipo-
tetica setta. Infatti questa tesi non spiega il delitto del 1968 ed il
suo collegamento con gli altri (Pacciani non fu coerentemente condannato per il duplice omicidio); non spiega in fondo nemmeno il*

delitto del 1974, che anticipa di ben sette anni la serie vera e propria (1981-1985) costituendone la prova generale, e, soprattutto, non chiarisce il perché del "silenzio" del mostro e della setta in tutta la seconda metà degli anni Settanta. Il movente del mostro appare, inoltre, del tutto incongruo rispetto all'esigenza di utilizzare i feticci delle vittime per esigenze rituali: solo i due delitti del 1981, quello del 1984 e quello del 1985 servirono allo scopo, in altri casi questo non fu intenzionalmente perseguito (1974 e, ammettendo sia opera del mostro, 1968) o impedito da circostanze obiettive (1982 e 1983). A fronte dei fallimenti il mostro e l'ipotetica setta non cercarono tempestivamente di rimediare agli "errori", il che fa dubitare della stretta necessità dei feticci e, a monte, della stessa fondatezza della tesi maggioritaria.

Secondo l'avvocato fiorentino il mostro di Firenze sarebbe una persona rimasta costantemente a contatto diretto con le autorità giudiziarie, probabilmente un poliziotto o un ex tutore dell'ordine, o, in ogni caso, un soggetto che agiva in "divisa" (es. guardiacaccia). Secondo l'autore la tesi si fonda sull'anomalia delle scoperte relative ai collegamenti e reperti che riguardavano la serie omicidiaria vera e propria (delitti 1981-1985) alle uccisioni più remote del 1968 e del 1974. Secondo l'autore certi dettagli sarebbero conoscibili solamente da un soggetto con facile accesso a documenti ed archivi riservati delle forze dell'ordine. Tali collegamenti sarebbero stati suggeriti da fonti anonime le quali, oltre ovviamente a conoscere le circostanze più recondite dei singoli delitti, avrebbero in qualche modo diretto le forze dell'ordine a ricostruire le loro serialità formando gli stessi reperti dei delitti. Tuttavia va rilevato, ad esempio, che la conservazione dei bossoli del delitto del 1968 nel relativo fascicolo non può essere presa ad esempio, come vorrebbe l'autore, in quanto è prassi consolidata evitare la distruzione di tali reperti fintantoché l'arma del delitto non è stata ritrovata. Inoltre non si comprende come mai, se il mostro (o chi per lui) fosse stato così' dentro all'andamento delle indagini degli anni Ottanta, non sapesse anche dello stratagemma escogitato dal giudice Silvia della Monica nel caso dell'omicidio Migliorini-Mainardi: chiedere ai cronisti di scrivere sui giornali che il Mainardi, prima di morire, aveva rivelato importanti informazioni.

Molto significativamente gli addetti all'ambulanza che recuperarono il corpo di Mainardi ricevettero a più riprese telefonate da un anonimo che si spaccio' inizialmente per un addetto alle indagini, il quale voleva sapere che cosa Mainardi avesse rivelato. Secondo Filastò il mostro non avrebbe colto di sorpresa le vittime aggredendole d'improvviso, ma si sarebbe avvicinato alle vetture dal lato del conducente, chiedendo informazioni o, più probabilmente, l'esibizione di documenti di identità. Nel momento in cui il guidatore (sempre il maschio) abbassava le proprie difese mettendosi alla ricerca dei documenti o estraendo il portafoglio, scattava l'aggressione. Inoltre una testimonianza indicava la presenza di un'auto della polizia in un luogo dove poco dopo sarebbe avvenuto uno dei delitti, insolitamente con un solo poliziotto a bordo.

In senso critico si osserva come la tesi presenti qualche punto debole e si basi su congetture: il fatto che qualcuno abbia guidato o agevolato le indagini fino a scoprire collegamenti con omicidi non collegati alla serie 1981-1985 non significa che questo qualcuno fosse necessariamente il mostro, ne che il mostro fosse un soggetto con agevole accesso ad archivi riservati; la tecnica omicidiaria mediante esibizione di documenti non si attaglia solo a circa meta' dei delitti, essendo esclusa ad esempio nel delitto del 1983 ed in quello del 1985, avvenuti in circostanze differenti e in quello del 1984, quando il "mostro" si avvicino' alla coppia dalla parte della donna. Ulteriore tesi è quella che vede nel responsabile dei delitti, o in uno dei capi della misteriosa setta che avrebbe commissionato gli omicidi seriali, il dottor Francesco Narducci, medico e professore universitario perugino morto nel Lago Trasimeno a trentasei anni nel 1985, a poche settimane dall'ultimo degli omicidi del mostro. La morte, all'epoca, fu archiviata come incidente e la salma fu tumulata senza procedere ad autopsia, la causa di morte (annegamento) apparse abbastanza chiara.

Già nei primi anni Ottanta si era sostenuto che il mostro fosse un medico a causa della asserita precisione delle escissioni effettuate nei cadaveri e sulla scorta di suggestioni legate al fatto che l'assassino potesse essere un insospettabile membro dell'alta borghesia toscana o umbra, come un medico cattedratico. Suggestioni analoghe si erano verificate anche nel caso di Jack lo squartatore.

Il coinvolgimento di Narducci si fonda sull'intercettazione telefonica di un balordo umbro che avrebbe minacciato una persona di fargli fare la stessa fine del "medico ucciso sul Trasimeno", velato riferimento alla morte dello stesso Narducci, rinvenuto cadavere al largo dell'isola Polvese. Da qui una serie di illazioni relative al fatto che il Narducci sia stato assassinato dagli stessi membri della setta, in quando oramai ritenuto un pericolo per la sua sopravvivenza, a fronte della sua volontà di rivelare la matrice dei delitti o di dissociarsi dalla stessa.

Altri sostengono invece che Narducci possa essere stato il mostro, colpendo individualmente le vittime, correlando la sua presenza a Firenze nei periodi in cui avvenivano i delitti ad una presunta responsabilità degli omicidi, o, ancora, soffermandosi sulla personalità complessa e per certi versi misteriosa del medico umbro, messa in evidenza dallo stesso Cugia dopo una serie di interviste alla vedova di Narducci.

Proprio il presunto omicidio del medico umbro, legato alla possibile sostituzione del suo cadavere con quello di uno sconosciuto in maniera tale da insabbiare le indagini sulle effettive cause della morte nell'autunno del 1985, ha dato luogo all'avvio di una inchiesta giudiziaria da parte della Procura della Repubblica di Perugia, profilando il coinvolgimento di una loggia massonica, alla quale apparteneva il padre di Narducci, sia nella copertura degli omicidi del mostro che nella sostituzione del cadavere.

A fronte delle indagini in corso non è possibile esprimere un giudizio completo su tale ulteriore tesi - la quale peraltro non sconfessa integralmente la tesi ufficiale circa la colpevolezza dei "compagni di merende" -, dovendosi tuttavia osservare come la medesima vada incontro alle obiezioni precedentemente segnalate circa la sussistenza di delitti di gruppo o su commissione di una setta o organizzazione analoga.

Allo stesso modo, obiezioni possono formularsi circa la responsa-bilità diretta del solo Narducci, posto che un suo coinvolgimento nei delitti del mostro potrebbe tutt'al più profilarsi per gli omicidi seriali commessi fra il 1981 ed il 1985 (come sembra affermare lo stesso Cugia), mentre rimarrebbero slegati i delitti del 1974 e del 1968, la cui responsabilità andrebbe dunque ascritta a terzi e non al mostro.

Il che obbliga a ritenere che, almeno dalla prima metà degli anni Ottanta, vi sia stato un inquinamento delle prove e dei reperti omi-cidiari tale da retrodatare l'azione del mostro alla fine degli anni Sessanta, mentre la vera serie omicidiaria si avvia con i duplici de-litti del 1981, anno del matrimonio di Narducci.

Va altresì rilevato un certo "deficit" d'esperienza negli inquirenti dell'epoca (si trattava comunque del primo caso di omicidi seriali in Italia) che ha forse pregiudicato le indagini. Molti dei bossoli sparati dalla Beretta risultano mancanti o non repertati; alcune prove materiali (tra cui la piramide di pietra rinvenuta sulla scena del delitto del giugno 1981) sono state smarrite o non adeguata-mente analizzate (si pensi solo al valore probatorio rappresentato dal ciuffo di capelli trovato tra le dita di Susanna Cambi, uccisa a Calenzano: un semplice esame del DNA avrebbe permesso di esclu-dere molti sospettati). Sicuramente l'assenza di mezzi moderni come il computer (all'epoca di recentissima invenzione e di costo inaccessibile spesso anche per le forze dell'ordine) ha avuto il suo peso.

Pare inoltre che, in sede di autopsia, non si sia provveduto a con-servare campioni di tessuti delle vittime (rendendo così, di fatto, impossibile un confronto con eventuali resti umani trovati in pos-sesso di sospettati). Le indagini si volsero fin dall'inizio contro per-sone sicuramente "sospettabili" e con un passato discutibile (pre-giudicati per reati sessuali etc.) ma con poco o nessun punto in co-mune con il profilo psicologico del "mostro" tracciato dall'FBI che, da solo, avrebbe permesso di escludere dal novero dei sospetti per-sonaggi come i compagni di merende.

Pietro Pacciani (1925-1998), contadino, soprannominato Il Vampa, identificato come il «capo» dei «compagni di merende» era un uomo violento e collerico, forte bevitore, quasi analfabeta ma intelligente e furbo. Prima di essere accusato degli omicidi del «mostro» aveva già avuto seri problemi con la giustizia. Nel 1951 era stato condannato per l'omicidio di un rivale in amore (sorpreso in intimità con la sua fidanzata) e negli anni ottanta aveva di nuovo conosciuto la prigione con l'accusa di aver abusato sessualmente delle due figlie.
I profili psicologici elaborati da vari esperti (compreso l'FBI) tenderebbero ad escluderlo dalla lista dei sospettabili.
Pacciani fu condannato in primo grado ma assolto in appello per i delitti del «mostro». È morto nel 1998 in circostanze mai chiarite. Si ipotizzò una morte per cause naturali, probabilmente dovuta ad un infarto, evento possibile per un soggetto, oltretutto accanito fumatore e bevitore che ne aveva già avuti due, ma voci mai smentite insistono per un omicidio.

Mario Vanni (1927-2009), ex postino di San Casciano, soprannominato Torsolo, l'ultimo a morire dei «compagni di merende». Accusato dal «pentito» Lotti di aver partecipato agli omicidi delle coppiette, col ruolo di asportare dai poveri corpi i macabri feticci. Non ha mai ammesso alcuna responsabilità. Nel processo d'appello del 1998-2000, prima di essere espulso definitivamente dall'aula, aveva gridato: «Viva il Duce, il lavoro e la libertà. Ritorneremo, prima o dopo». È morto il 13 aprile 2009 per cause naturali.

Giancarlo Lotti (1940-2002), operaio disoccupato, soprannominato Katanga, avrebbe confessato la partecipazione ad alcuni degli omicidi, sia pure il ruolo secondario di «palo» e la sua partecipazione attiva all'omicidio del 1983, dove sarebbe stato obbligato dal Pacciani, secondo lui, a sparare un colpo contro la coppia di ragazzi tedeschi a Giogoli. La sua credibilità come testimone «pentito» è dubbia, in quanto Lotti, per sua stessa ammissione alcolista fin dall'adolescenza, aveva un quoziente intellettivo ampiamente al di sotto della norma (pari a circa 50, vale a dire il livello di un bambino di circa 6 anni) e tendenze alla mitomania. Le sue confessioni sono a tratti di dubbia affidabilità se non completamente erronee. Condannato a 26 anni di reclusione non è mai stato incarcerato, perché beneficiario dello speciale regime di protezione per testimoni. È morto nel 2002 a causa di un cancro allo stomaco."

Il lettore della biblioteca si alzò, si diresse nello scaffale dove accanto era seduto Conrad e ripose il libro in mezzo agli altri per poi rimettersi seduto aspettando domande alle quali avrebbe dato risposta.

E certo ne furono fatte di domande, delle più varie, ma Conrad in quel momento a tutto pensava tranne ad ascoltare quelle voci che adesso erano così distanti, un brusio lontano come il rumore del mare che s'infrange sugli scogli.

Spostò lo sguardo verso lo scaffale, dove il libro riposava come un guerriero dopo una battaglia.

Senza farsi vedere allungò la mano e lo afferrò.

Quella vecchia copertina marrone con chiare scritte dorate racchiudeva in se gli orrori degli omicidi perpetrati dal mostro. L'aprì cercando i ritagli di giornale che aveva notato poco prima, quelle pagine ingiallite si muovevano sotto il tocco gentile di Conrad come le foglie che, abbandonato il ramo, volano lontane in cerca di pace.

Trovò i ritagli di giornale incastrati fra le ultime pagine del libro, dimenticati dal tempo e nella polvere.

Erano articoli di cronaca locale che annunciavano quegli efferati delitti con le foto degli assassinati e i luoghi dei ritrovamenti.

Conrad sapeva bene che stringendo quei fogli fra le dita sarebbe potuto entrare in contatto con le vittime di quegli orrori; mentre li sfogliava si riflettevano sui suoi occhi decine di nomi, uomini e donne, tutti caduti in quella tela di ragno. Si decise e appoggiò il libro, con dolcezza raccolse tutti quegli articoli nei palmi delle mani cercando di avvolgerli in un comune abbraccio.

Chiuse gli occhi, e pregò a lungo.

Il volto pallido, il sudore in fronte e le mani leggermente tremolanti, erano i soli indizi di ciò che sentiva: lamenti, pianti e grida di disperazione echeggiavano dentro di lui. Conrad non si fece prendere dallo sconforto e continuò imperterrito nelle sue preghiere, trovando per ognuna di loro una parola di conforto e comprensione.
Nella biblioteca nessuno si accorse di lui.
Con un leggero sospiro uscì da quel torpore e le voci scomparvero.
Terminò di pregare e riaprì le mani solo dopo aver smesso di udire, dentro di se, quelle urla di disperazione, adesso si erano placate in un silenzio lontano ma così vicino.
Facendo sopra ai ritagli di giornale il segno della Croce, Conrad aprì il libro e risistemò con cura i foglietti fra le pagine ingiallite.
Come lo aveva preso, ripose il libro nello scaffale in una posizione privilegiata rispetto agli altri: in alto e nel mezzo come il monumento sta sopra la roccia più alta.
Il signore della biblioteca avendo nel frattempo finito di dare risposte alle domande dei presenti, si alzò porgendo la mano ai convenuti e li salutò cordialmente.
Il gruppo si incolonnò verso l'uscita.
Conrad uscì per ultimo dopo aver salutato il bibliotecario indirizzando un ultimo sguardo in direzione del libro. La luce si attenuò che ancora Conrad non era uscito, ma di questo non se ne accorse, si accorse solo di una voce lontana dirgli "Grazie!" uscendo per sempre dalla biblioteca, Conrad rispose semplicemente "E' stato un onore!" volgendo un'ultima occhiata verso il libro ormai avvolto dalla semi oscurità.

Il treno ripartì per il lungo viaggio.
La direzione adesso era la Sicilia, terra di sole e di antichi splendori.
Le coste della penisola delineate così perfettamente dal solitario binario, regalavano flash di ricordi e immagini da riportare a casa in maniera indelebile.
Come del resto la storia, quella storia cui Conrad e gli amici andavano cercando nei più nascosti angoli della penisola. Quella vita del

nostro passato in cui siamo nati e cresciuti: una vera e propria parte di noi.

Verrebbe da dire: "dimmi chi sei stato e ti dirò chi sarai" ma entreremmo in piena conflittualità con noi stessi.

E Conrad viveva proprio in questa conflittualità. Non riusciva a capire il come e il perché di tante, troppe cose; perché quella vita da single, perché l'amore così forte per ciò che fu e ancora perché l'incidente di Auschwitz con tutte le doti sopravvenute; e ancora perché quel sentimento così forte di vicinanza con i defunti e quella sensazione di infarto imminente quando era con Letizia?

Troppe domande che subissavano la sua mente e che rendevano il suo io interiore, a volte, in conflittualità con il mondo esterno e interno.

Alla lunga, da perderci la testa.

Passavano le ore, Letizia ora leggeva ora riposava. La bottiglietta di minerale era sempre lì, accanto alla poltroncina del treno, pronta ad essere bevuta.

Ogni tanto un salto fuori dallo scompartimento dove, fra una carrozza e l'altra, un angolo con un finestrino aperto ricordava che erano giorni che non aveva fumato una sigaretta.

Prese dalla borsa un pacchetto di Camel e una scatola di fiammiferi. Letizia diceva sempre che una sigaretta doveva essere accesa con un fiammifero, un accendino a gas o un cerino avrebbero dato un sapore sgradevole al tabacco.

Conrad, con quel poco che fumava, non si era mai interrogato sul sapore di una sigaretta accesa con un fiammifero o cerino, ma essendo un uomo pratico avrebbe sicuramente usato un accendino a gas.

Il treno, attraversata la Calabria, arrivò a traghettarsi.

In passato a Conrad era capitato di utilizzare il traghetto con la propria auto ma mai con il treno, per questo rimase colpito quando vide i binari che dopo aver percorso un breve pontile finivano in mare aperto.

E in qualche modo fu questo quello che accadde. Dopo aver proseguito fino alla fine dei binari il treno salì nella stiva del traghetto e, dopo qualche minuto, fu in mare aperto. Conrad decise che guardare il mare da un finestrino poteva essere di buon diritto inclusa fra le "esperienze particolari" della vita.

Dopo una breve traversata la sirena del traghetto avvisò che avevano raggiunto l'isola e il treno poté ritrovare i binari della terraferma.

Alla prima stazione fecero una breve sosta per caricare la guida che li avrebbe accompagnati e proseguirono il loro viaggio nel cuore della Sicilia.

L'uomo, che non aveva più di trent'anni, si presentò col nome di Giuseppe e si entusiasmò subito parlando della propria terra. Mentre il treno attraversava l'isola per raggiungere Palermo, la guida raccontò delle influenze greche e turche, del Regno delle due Sicilie e della coraggiosa liberazione di Garibaldi. L'amore e il sincero trasporto con cui la guida li intrattenne rese il gruppo impaziente di scoprire altre bellezze prima ancora di arrivare a destinazione, e non appena scesero alla stazione la prima bellezza che videro fu anche una delle più ghiotte, una pasticceria esponeva una vetrina traboccante di cassate e cannoli. Le lucide gocce di cioccolato e gli allegri colori dei canditi vinsero subito la resistenza di molti e per una buona mezz'ora la prima cosa che scoprirono nel loro viaggio fu la dolcezza di quella città.

Conrad, che non era mai stato goloso, si trovò a sorridere osservando Letizia che addentava un enorme cannolo sorseggiando un passito di Pantelleria.

Più che una spedizione storica sembrava essersi trasformata in una "spedizione gastronomica".

Ma era giusto così, a volte il cibo è cultura anche più di dipinti e sculture. Conoscere le loro prelibatezze li avrebbe aiutati ancora di più a capire le tradizioni dei luoghi che avrebbero visitato.

Finita la pausa gastronomica si incamminarono pieni di energie per le vie della città. Visitarono musei e contrattarono alle bancarelle mentre, sotto la calura estiva, le bottiglie d'acqua scorrevano veloci.

Giuseppe che fino a quel momento aveva allegramente assecondato i desideri della comitiva si fermò all'ombra di una magnolia al cui tronco erano attaccati decine di bigliettini e richiamò la loro attenzione. Tradendo una forte emozione cominciò a parlare di Palermo e della Sicilia: delle sue tragedie e dei suoi eroi.

Quell'albero era stato piantato per far rinascere ad ogni stagione il ricordo di quegli orrori, accadimenti che nessun siciliano avrebbe dovuto dimenticare.

"Vi parlerò di due episodi e di due eroi", disse la guida. "Persone che con la loro grande professionalità e il loro senso del dovere hanno reso giustizia a tante persone senza voce, il cui sacrificio è d'esempio e ispirazione alla storia.

Vi parlerò di due Uomini".

"Giovanni Falcone e Paolo Borsellino."

Si accomodò fra il profumo di fiori e cominciò.

"Giovanni Falcone e Paolo Borsellino erano uniti in vita, legati da un "mestiere" che per loro era missione: liberare la società civile dall'oppressione di una "cattiva pianta": la mafia che nasce, vive e prospera nello stesso umore nutritivo prodotto dalla Sicilia. Giovanni Falcone e Paolo Borsellino sono ora inscindibili nella nostra memoria. Come accade per quanti diventano simbolo contro la loro stessa volontà, eroi soltanto per aver voluto esercitare il diritto di affermare le proprie idee, per aver rifiutato la via facile dell'accomodamento e del quieto vivere. La loro fine, orribile e tragica, li ha fusi insieme. Così che oggi, quasi naturalmente, il viaggiatore che si avvicini alla Sicilia sentirà i loro nomi prima ancora di mettere piede nell'Isola. Al momento dell'atterraggio sarà la voce del comandante ad informare che "tra pochi minuti atterreremo all'aeroporto Falcone - Borsellino". I siciliani, i siciliani onesti amano quei magistrati caduti a meno di due mesi l'uno dall'altro. I mafiosi li rispettano, come li temevano quando erano vivi. I colpi subiti dai collaboratori di giustizia, i pentiti. "Invenzione" di Giovanni Falcone, quando nessuno osava soltanto pensare alla eventualità che uno strumento rivelatosi essenziale contro il terrorismo potesse risultare praticabile nella lotta alla mafia. Falcone portò in Italia un Buscetta pentito che doveva aprire la strada al

ripensamento di tanti altri boss come Salvatore Contorno, Nino Calderone e Francesco Marino Mannoia. Bastò questo per segnare tanti punti, innanzitutto l'esito del primo maxiprocesso: una disfatta per Cosa Nostra.

Fu forse allora che Falcone e Borsellino firmarono la loro condanna a morte. Cosa Nostra capì che non ci poteva essere convivenza tra i propri interessi e quei due magistrati che parlavano in palermitano, capivano il linguaggio cifrato del "baccaglio" mafioso, si muovevano perfettamente a loro agio tra ammiccamenti, sguardi, segni apparentemente enigmatici, bugie e "tragedie" inesistenti, ordite semmai dal nulla per giustificare reazioni cruente. I due ex ragazzi della Kalsa, che in gioventù avevano giocato al calcio con coetanei poi "arruolati" dai boss, si ritrovavano insieme a contrastare un mondo che conoscevano e capivano perfettamente per averne trafugato, a suo tempo, la chiave di lettura. Per questo poterono dialogare coi collaboratori, riuscirono ad ottenerne la fiducia offrendo in cambio la semplice "parola d'onore" che avrebbe fatto tutto il possibile per aiutarli. Eppure Falcone e Borsellino non dovevano vedersela solo coi "bravi ragazzi" che maneggiano pistole, eroina e tritolo. La storia della vita e della morte di questi due eroi siciliani non lascia spazio a dubbi e ambiguità: Giovanni e Paolo non erano molto amati neppure nelle stanze che contano. Ovvio, si trattava di ostilità che si manifestava in modo diverso. Eppure quella ostilità pesava esattamente quanto le pallottole.

A Giovanni Falcone fu riservata prima la tagliente ironia del Palazzo di Giustizia di Palermo, poi la saccente campagna di stampa contro la presunta smania di protagonismo, quindi un vero e proprio "sbarramento" che gli avrebbe precluso il naturale ruolo di coordinatore delle inchieste sulla mafia. Analoghe difficoltà avrebbe poi incontrato Borsellino durante la sua permanenza a Palermo, dopo l'esperienza di Marsala, nella stanza di procuratore aggiunto.

Una marcia lenta - quella di Falcone - verso la delegittimazione, fino al tritolo di Capaci, passando per l'inquietante avvertimento dell'Addaura (attentato fallito del giugno 1989) che si saldava con le "bordate" anonime degli scritti del "Corvo". Quando Falcone salta in aria, Paolo Borsellino capisce che non gli resterà troppo tempo. Lo dice chiaro: "Devo fare in fretta, perché adesso tocca a me". Nessuna fantasia di tragediografo ha mai prodotto nulla di simile. A rileggere, oggi, gli ultimi movimenti, le ultime parole di Paolo Borsellino, ci si imbatte in un uomo cosciente della propria fine imminente, perfettamente consapevole persino del possibile movente, eppure incapace di tirarsi indietro. Forse speranzoso di potercela fare, forse rassegnato ad una morte che in cuor suo "doveva" al suo amico Giovanni.

Il giudice Giovanni Falcone nasce a Palermo (via Castrofilippo) il 20 maggio 1939, da Arturo, direttore del Laboratorio chimico provinciale, e da Luisa Bentivegna, Giovanni Falcone conseguì la laurea in Giurisprudenza nell'Università di Palermo nell'anno 1961, discutendo con lode una tesi sull' "Istruzione probatoria in diritto amministrativo". Era stato prima, dal '54, allievo del Liceo classico "Umberto"; e quindi aveva compiuto una breve esperienza presso l'Accademia navale di Livorno.
Dopo il concorso in magistratura, nel 1964, fu pretore a Lentini per trasferirsi subito come sostituto procuratore a Trapani, dove rimase per circa dodici anni. E in questa sede andò maturando progressivamente l'inclinazione e l'attitudine verso il settore penale: come egli stesso ebbe a dire, "era la valutazione oggettiva dei fatti che mi affascinava", nel contrasto con certi meccanismi "farraginosi e bizantini" particolarmente accentuati in campo civilistico.
A Palermo, all'indomani del tragico attentato al giudice Cesare Terranova (25 settembre 1979), cominciò a lavorare all'Ufficio istruzione. Il consigliere istruttore Rocco Chinnici gli affidò nel maggio '80 le indagini contro Rosario Spatola, vale a dire un processo che investiva anche la criminalità statunitense, e che, d'altra parte, aveva visto il procuratore Gaetano Costa - ucciso poi nel giugno successivo - ostacolato da alcuni sostituti, al momento della firma di una lunga serie di ordini di cattura. Proprio in questa

prima esperienza egli avvertì come nel perseguire i reati e le attività di ordine mafioso occorresse avviare indagini patrimoniali e bancarie (anche oltre oceano), e come, soprattutto, occorresse la ricostruzione di un quadro complessivo, una visione organica delle connessioni, la cui assenza, in passato, aveva provocato la "raffica delle assoluzioni".

Il 29 luglio 1983 il consigliere Chinnici fu ucciso con la sua scorta, in via Pipitone Federico; lo sostituì Antonino Caponnetto, il quale riprese l'intento di assicurare agli inquirenti le condizioni più favorevoli nelle indagini sui delitti di mafia. Si costituì allora, per le necessità interne a queste indagini, il cosiddetto "pool antimafia", sul modello delle èquipes attive nel decennio precedente di fronte al fenomeno del terrorismo politico. Del gruppo faceva parte, oltre lo stesso Falcone, e i giudici Di Lello e Guarnotta, anche Paolo Borsellino, che aveva condotto l'inchiesta sull'omicidio, nel 1980, del capitano del Carabinieri Emanuele Basile.

Il giudice Giovanni Falcone Si può considerare una svolta, per la conoscenza non solo di determinati fatti di mafia, ma specialmente della struttura dell'organizzazione Cosa nostra, l'interrogatorio iniziato a Roma nel luglio '84 in presenza del sostituto procuratore Vincenzo Geraci e di Gianni De Gennaro, del Nucleo operativo della Criminalpol, del "pentito" Tommaso Buscetta.

I funzionari di Polizia Giuseppe Montana e Ninni Cassarà, stretti collaboratori di Falcone e Borsellino, furono uccisi nell'estate '85. Fu allora che si cominciò a temere per l'incolumità anche dei due magistrati. I quali furono indotti, per motivi di sicurezza, a soggiornare qualche tempo con le famiglie presso il carcere dell'Asinara.

Si giunse così - attraverso queste vicende drammatiche - alla sentenza di condanna a Cosa nostra del primo maxiprocesso, emessa il 16 dicembre 1987 dalla Corte di assise di Palermo, presidente Alfonso Giordano, dopo ventidue mesi di udienze e trentasei giorni di riunione in camera di consiglio. L'ordinanza di rinvio a giudizio per i 475 imputati era stata depositata dall'Ufficio istruzione agli inizi di novembre di due anni prima.

Gli avvenimenti successivi risentirono con tutta evidenza in senso negativo di tale successo. Nel gennaio il Consiglio superiore della magistratura preferì nominare a capo dell'Ufficio istruzione, in luogo di Caponnetto che aveva voluto lasciare l'incarico, il consigliere Antonino Meli. Il quale avocò a sè, tutti gli atti. Sopraggiunse poi un nuovo episodio ad accentuare ulteriormente le tensioni nell'ambito dell'Ufficio stesso, un episodio che ebbe gravissime conseguenze su tutte le indagini antimafia. In seguito alle confessioni del "pentito" catanese Antonino Calderone, che avevano determinato una lunga serie di arresti (comunemente nota come "blitz delle Madonie"), Il magistrato inquirente di Termini Imerese si ritenne incompetente, e trasmise gli atti all'Ufficio palermitano. Ma il Meli, in contrasto con i giudici del pool rinvio le carte a Termini, in quanto i reati sarebbero stati commessi in quella giurisdizione. La Cassazione, allo scorcio dell'88, ratificò l'opinione del consigliere istruttore, negando la struttura unitaria e verticisti delle organizzazioni criminose, e affermando che queste, considerate nel loro complesso, sono dotate di "un ampia sfera decisionale, operano in ambito territoriale diverso ed hanno preponderante diversificazione soggettiva". Questa decisione sanciva giuridicamente la frantumazione delle indagini, che l'esperienza di Palermo aveva inteso superare. Il 30 luglio Falcone richiese di essere destinato a un altro ufficio. In autunno Meli gli rivolse l'accusa d'aver favorito in qualche modo il cavaliere del lavoro di Catania Carmelo Costanzo, e quindi sciolse il pool, come Borsellino aveva previsto fin dall'estate in un pubblico intervento, peraltro censurato dal Consiglio superiore. I giudici Di Lello e Conte si dimisero per protesta.

Il giudice Giovanni Falcone su tutta questa vicenda del resto, nel giugno '92, durante un dibattito promosso a Palermo dalla rivista "Micromega", Borsellino ebbe a ricordare: "La protervia del consigliere istruttore Meli l'intervento nefasto della Corte di cassazione cominciato allora e continuato fino a oggi, non impedirono a Falcone di continuare a lavorare con impegno". Nonostante simili avvenimenti, infatti, sempre nel corso dell'88, Falcone aveva realizzato una importante operazione in collaborazione con Rudolph

Giuliani, procuratore distrettuale di New York, denominata "Iron Tower": grazie alla quale furono colpite le famiglie dei Gambino e degli Inzerillo, coinvolte nel traffico di eroina.

Il 20 giugno '89 si verificò il fallito e oscuro attentato dell'Addaura presso Mondello; a proposito del quale Falcone affermò "Ci troviamo di fronte a menti raffinatissime che tentano di orientare certe azioni della mafia. Esistono forse punti di collegamento tra i vertici di Cosa nostra e centri occulti di potere che hanno altri interessi. Ho l'impressione che sia questo lo scenario più attendibile se si vogliono capire davvero le ragioni che hanno spinto qualcuno ad assassinarmi". Seguì subito l'episodio, sconcertante, del cosiddetto "corvo", ossia di alcune lettere anonime dirette ad accusare astiosamente lo stesso Falcone e altri. Le indagini relative furono compiute anche dall'Alto commissario per la lotta alla mafia, guidato dal prefetto D. Sica.

Una settimana dopo l'attentato il Consiglio superiore decise la nomina di Falcone a procuratore aggiunto presso la Procura della Repubblica di Palermo. Nel gennaio '90 egli coordinò un'inchiesta che portò all'arresto di quattordici trafficanti colombiani e siciliani, inchiesta che aveva preso l'avvio dalle confessioni del "pentito" Joe Cuffaro' il quale aveva rivelato che il mercantile Big John, battente bandiera cilena, aveva scaricato, nel gennaio '88, 596 chili di cocaina al largo delle coste di Castellammare del Golfo.

Nel corso dell'anno si sviluppa lo "scontro" con Leoluca Orlando, originato dall'incriminazione per calunnia nei confronti del "pentito" Pellegriti, il quale rivolgeva accuse al parlamentare europeo Salvo Lima. La polemica proseguì col ben noto argomento delle "carte nei cassetti": e che Falcone ritenne frutto di puro e semplice "cinismo politico".

Alle elezioni del 1990 dei membri togati del Consiglio superiore della magistratura, Falcone, fu candidato per le liste "Movimento per la giustizia" e "Proposta 88" (nella circostanza collegate), con esito però negativo.

Intanto, fattisi più aspri i dissensi con l'allora procuratore P. Giammanco - sia sul piano valutativo, sia su quello etico, nella conduzione delle inchieste - egli accolse l'invito del vice-presidente del Consiglio dei ministri, C. Martelli, che aveva assunto l'interim del Ministero di grazia e giustizia, a dirigere gli Affari penali del ministero, assumendosi l'onere di coordinare una vasta materia, dalle proposte di riforme legislative alla collaborazione internazionale. Si apriva così un periodo - dal marzo del 1991 alla morte - caratterizzato da una attività intensa, volta a rendere più efficace l'azione della magistratura nella lotta contro il crimine. Falcone si impegnò a portare a termine quanto riteneva condizione indispensabile del rinnovamento: e cioè la razionalizzazione dei rapporti tra pubblico ministero e polizia giudiziaria, e il coordinamento tra le varie procure. A quest'ultimo riguardo, caduta l'ipotesi iniziale, di affidare il delicato compito alle procure generali, la costituzione di procure distrettuali facenti capo ai procuratori della Repubblica parve la soluzione più idonea. Ma si poneva altresì l'istanza di un coordinamento di livello nazionale. Istituita nel novembre del '91 la Direzione nazionale antimafia, sulle funzioni di questa il giudice dunque si soffermò anche nel corso della sua audizione al Palazzo dei Marescialli del 22 marzo '92. "Io credo - egli chiarì in tale circostanza, secondo un resoconto della seduta pubblicato dal settimanale "L'Espresso" (7 giu. '92) - che il procuratore nazionale antimafia abbia il compito principale di rendere effettivo il coordinamento delle indagini, di garantire la funzionalità della polizia giudiziaria e di assicurare la completezza e la tempestività delle investigazioni. Ritengo che questo dovrebbe essere un organismo di supporto e di sostegno per l'attività investigativa che va svolta esclusivamente dalle procure distrettuali antimafia".

La sua candidatura a questi compiti, peraltro, fu ostacolata in seno al Consiglio superiore della magistratura, il cui plenum, tuttavia, non aveva ancora assunto una decisione definitiva, quando sopraggiunse la strage di Capaci del 23 maggio. Frattanto - giova ricordarlo - una sentenza della prima sezione penale della Corte suprema di cassazione il 30 gennaio, sotto la presidenza di Arnaldo

Valente (relatore Schiavotti) aveva riconosciuto la struttura verticale di Cosa nostra, e quindi la responsabilità dei componenti della "cupola" per quei delitti compiuti dagli associati, che presuppongano una decisione al vertice; inoltre aveva ribadito la validità e l'importanza delle chiamate in correità.

La strage di Capaci (23 maggio 1992)

Sono le 17,48 quando su una pista dell'aeroporto di Punta Raisi atterra un jet del Sisde, un aereo dei servizi segreti partito dall'aeroporto romano di Ciampino alle ore 16,40. Sopra c'è Giovanni Falcone con sua moglie Francesca. E sulla pista ci sono tre auto che lo aspettano. Una Croma marrone, una Croma bianca, una Croma azzurra. E' la sua scorta, erano stati raggruppati dal capo della mobile Arnaldo La Barbera.

Una squadra affiatatissima che aveva il compito di sorvegliare Falcone dopo il fallito attentato del 1989 davanti la villa del magistrato sul litorale dell'Addaura. La solita scorta con Antonio, Antonio Montinaro, agente scelto della squadra mobile che, appena vede il "suo" giudice scendere dalla scaletta, infila la mano destra sotto il giubbotto per controllare la pistola.

Tutto è a posto, non c'è bisogno di sirene, alle 17,50 il corteo blindato che trasporta il direttore generale degli Affari penali del ministero di Grazia e giustizia è sull'autostrada che va verso Palermo. Tutto sembra tranquillo, ma così non è. Qualcuno sa che Falcone è appena sbarcato in Sicilia, qualcuno lo segue, qualcuno sa che dopo otto minuti la sua Croma passerà sopra quel pezzo di autostrada vicino alle cementerie.

La Croma marrone è davanti. Guida Vito Schifani, accanto c'è Antonio, dietro Rocco Di Cillo. E corre, la Croma marrone corre seguita da altre due Croma, quella bianca e quella azzurra. Sulla prima c'è il giudice che guida, accanto c'è Francesca Morvillo, sua moglie, anche lei magistrato. Dietro l'autista giudiziario, Giuseppe Costanza, dal 1984 con Falcone, che era solito guidare soltanto quando viaggiava insieme alla moglie. E altri tre sulla Croma az-

zurra, Paolo Capuzzo, Gaspare Cervello e Angelo Corbo. Un minuto, due minuti, la campagna siciliana, l'autostrada, l'aeroporto che si allontana, quattro minuti, cinque minuti.

Ore 17,59, autostrada Trapani-Palermo. Investita dall'esplosione la Croma marrone non c'è più. La Croma bianca è seriamente danneggiata, si salverà Giuseppe Costanza che sedeva sui sedili posteriori. La terza, quella azzurra, è un ammasso di ferri vecchi, ma dentro i tre agenti sono vivi, feriti ma vivi. Feriti come altri venti uomini e donne che erano dentro le auto che passavano in quel momento fra lo svincolo di Capaci e Isola delle Femmine.

Fu Buscetta a dirglielo: "L'avverto, signor giudice. Dopo quest'interrogatorio lei diventerà forse una celebrità, ma la sua vita sarà segnata. Cercheranno di distruggerla fisicamente e professionalmente. Non dimentichi che il conto con Cosa Nostra non si chiuderà mai. E' sempre del parere di interrogarmi?".

Giovanni Falcone: "Si muore generalmente perché si è soli o perché si è entrati in un gioco troppo grande".

Paolo Borsellino nasce a Palermo nel quartiere popolare La Kalsa, dove vivono tra gli altri Giovanni Falcone e Tommaso Buscetta. Dopo aver frequentato le scuole dell'obbligo Borsellino si iscrive al Liceo Classico "Giovanni Meli" di Palermo. Durante gli anni del liceo diventa direttore del giornale studentesco "Agorà". Nel giugno del 1958 si diploma con ottimi voti e l'undici settembre dello stesso anno Borsellino si iscrive a Giurisprudenza a Palermo con numero di matricola 2301. Dopo una rissa tra studenti "neri" e "rossi" finisce erroneamente anche lui di fronte al magistrato Cesare Terranova a cui dichiara la propria estraneità ai fatti. Il giudice sentenzierà che Borsellino non c'entra nulla con l'episodio.

Paolo Borsellino, proveniente da una famiglia con simpatie politiche a destra, nel 1959 si iscrive al FUAN di cui diviene membro dell'esecutivo provinciale e viene eletto come rappresentante studentesco nella lista del FUAN "Fanalino" di Palermo.

Il 27 giugno 1962 all'età di 22 anni Borsellino si laurea con centodieci e lode con una tesi su "Il fine dell'azione delittuosa" con relatore il professor Giovanni Musotto. Pochi giorni dopo, a causa di una malattia, muore suo padre all'età di cinquantadue anni. Borsellino si impegna con l'ordine dei farmacisti a tenere la farmacia del padre fino al raggiungimento della laurea in farmacia della sorella Rita. Durante questo periodo la farmacia viene data in gestione per un affitto bassissimo di centoventimila lire al mese. La famiglia Borsellino è costretta a gravi rinunce e sacrifici. Riceverà l'esonero dal servizio militare poiché "unico sostentamento della famiglia".

Nel 1967 Rita si laurea in farmacia, il primo stipendio da magistrato di Paolo Borsellino servirà proprio a pagare la tassa governativa.

Il 23 dicembre 1968 sposa Agnese Piraino Leto, figlia di Angelo Piraino Leto, a quel tempo magistrato presidente del tribunale di Palermo.

Nel 1963 Borsellino partecipa al concorso per entrare in magistratura ottenendo cinquantasette voti si classifica venticinquesimo sui 110 posti in gara, e diventa il più giovane magistrato d'Italia. Nel 1967 diventa pretore a Mazara del Vallo. Nel 1969 è pretore a Monreale, dove lavora insieme ad Emanuele Basile. Proprio qui avrà modo di conoscere per la prima volta la mafia dei corleonesi.

Il 21 marzo 1975 viene trasferito a Palermo ed il 14 luglio entra nell'ufficio istruzione affari penali sotto la guida di Rocco Chinnici.

Il 1980 vede l'arresto dei primi sei mafiosi grazie all'indagine condotta da Basile e Borsellino, ma nello stesso anno arriva la morte di Emanuele Basile e la scorta per la famiglia Borsellino.

In quell'anno viene costituito il pool antimafia, dove lavorano, sotto la guida di Chinnici, tre magistrati (Falcone, Borsellino, Giovanni Barrile e due commissari (Cassarà e Montana). Tutti i componenti del pool chiedono espressamente l'intervento dello Stato, che non arriva.

Il 29 luglio 1983 viene ucciso Rocco Chinnici nell'esplosione di un'autobomba e pochi giorni dopo arriva da Firenze Antonino Caponnetto. Il pool vuole una mobilitazione generale contro la mafia. Nel 1984 viene arrestato Vito Ciancimino, mentre Tommaso Buscetta ("Don Masino", come viene chiamato nell'ambiente mafioso), arrestato a San Paolo del Brasile ed estradato in Italia, inizia a collaborare con la giustizia.

Buscetta descrive in modo dettagliato la struttura della mafia di cui fino ad allora si sapeva ben poco. Nel 1985 vengono uccisi da Cosa Nostra, a pochi giorni l'uno dall'altro, i commissari Giuseppe Montana e Ninni Cassarà. Falcone e Borsellino vengono trasferiti nella foresteria del carcere dell'Asinara, dove iniziano a scrivere l'istruttoria per il maxiprocesso. Si seppe in seguito che l'amministrazione penitenziaria richiese ai due magistrati il rimborso spese ed un indennizzo per il soggiorno trascorso.

Il 19 dicembre 1986 Borsellino viene nominato Procuratore della Repubblica di Marsala. Nel 1987 Caponnetto lascia il pool per motivi di salute e tutti (Borsellino compreso) si aspettano la nomina di Falcone, ma il Consiglio Superiore della Magistratura (CSM) non la vede nella stessa maniera e nasce la paura di vedere il pool sciolto.

Borsellino parla dovunque e racconta quel che accade alla procura di Palermo: per questo motivo rischia il provvedimento disciplinare e solo grazie all'intervento del Presidente della Repubblica Francesco Cossiga si decide di indagare su ciò che succede nel palazzo di Giustizia.

Il 31 luglio il CSM convoca Borsellino che rinnova accuse e perplessità. Il 14 settembre Antonino Meli diventa (per anzianità) il capo del pool; Borsellino torna a Marsala, dove riprende a lavorare alacremente insieme a giovani magistrati, alcuni di prima nomina. Inizia in quei giorni il dibattito per la costituzione di una Superprocura e su chi porne a capo. Falcone va a Roma per prendere il comando della direzione affari penali e preme per l'istituzione della Superprocura.

Con Falcone a Roma, Borsellino chiede il trasferimento alla Procura di Palermo e l'11 dicembre 1991 Paolo Borsellino, insieme al sostituto Antonio Ingroia, torna operativo alla Procura di Palermo, come Procuratore aggiunto.

Il 23 maggio 1992 nell'attentato di Capaci perdono la vita Giovanni Falcone, la moglie Francesca Morvillo e tre agenti della scorta, Antonio Montinaro, Vito Schifani e Rocco di Cillo. Due mesi prima della sua morte, Paolo Borsellino rilascia un'intervista ai giornalisti Jean Pierre Moscardo e Fabrizio Calvi (19 maggio 1992). L'intervista mandata in onda da RaiNews 24 nel 2000 è di trenta minuti, quella originale era invece di cinquanta minuti.

Nelle elezioni presidenziali del 1992, i parlamentari del MSI votarono per Paolo Borsellino come Presidente della Repubblica nel corso dell'XI scrutinio.

Nella sua penultima intervista, avuta luogo il 21 Maggio 1992 con Jean Pierre Moscardo e Fabrizio Calvi, Borsellino riferì delle possibili correlazioni tra i mafiosi di Cosa Nostra e di ricchi uomini d'affari come un futuro Presidente del Consiglio, In questa sua ultima intervista Paolo Borsellino parla anche dei legami tra la mafia e l'ambiente industriale milanese e del Nord Italia in generale, facendo riferimento, tra le altre cose, a indagini in corso sui rapporti tra politici del tempo e del luogo.

Alla domanda se fosse Mangano un "pesce pilota" della mafia al Nord, Borsellino risponde che egli era sicuramente una testa di ponte dell'organizzazione mafiosa nel Nord d'Italia. Sui rapporti con un certo politico invece si astiene da giudizi definitivi.

Anche alla luce di quest'intervista e del ruolo di Mangano così come descritto da Borsellino (testa di ponte dell'organizzazione mafiosa nel Nord d'Italia) ha destato scalpore la dichiarazione di un politico, condivisa dal presidente del consiglio dei ministri in merito a Vittorio Mangano: egli fu, a modo suo, un eroe.

Il 19 luglio 1992, dopo aver pranzato a Villagrazia con la moglie Agnese e i figli Manfredi e Lucia, Paolo Borsellino si reca insieme alla sua scorta in via D'Amelio, dove vive sua madre.

Finito il racconto la guida accompagnò il gruppo di fronte alla lapide di Via d'Amelio si prese qualche istante per lasciare che tutti imprimessero bene nella loro memoria quell'albero e ciò che rappresentava e poi, con un ampio gesto della coppola che calzava con orgoglio, si accomiatò.

La giornata faticosa consigliò a tutti di andare a letto presto visto che la mattina seguente un bus avrebbe portato i viaggiatori ad una nuova e insolita destinazione: New York.

Conrad non riusciva a prendere sonno, era sudato e con la schiena appiccicata a quelle ruvide lenzuola da due stelle aveva fissato il vecchio intonaco del soffitto per quasi tre ore, indeciso sul come porre fine a quella notte insonne.

Fece passare altri venti minuti e poi si alzò. Prese una bottiglia d'acqua dal frigo bar e uscì sul balcone, nella speranza di trovare conforto dalla brezza notturna.

In lontananza la luce della luna carezzava il mare con la passione di un amante e il vento, per non essere da meno, lo increspava di piccole onde schiumose.

Conrad si appoggiò alla balaustra del terrazzino e respirò a pieni polmoni, lasciando che la brezza marina increspasse i suoi capelli.

Girò lo sguardo e notò in fondo alla via l'albero dedicato alla memoria di Falcone e Borsellino: i rami, nell'oscurità della notte, stavano immobili come braccia protese verso il cielo.

Conrad era combattuto, non aveva avuto l'occasione di poter parlare con le anime di quei due magistrati.

Questo non poteva e non voleva accettarlo: la sua era una missione e come tale l'aveva accettata e promessa innanzi a "coloro" che gliel'avevano donata.

Si guardò ancora attorno: la ringhiera era piuttosto bassa e poteva essere scavalcata benissimo. Da lì alla strada sarebbe stato facile visto che la camera di Conrad era al primo piano.

Così decise e così fece: scavalcò la ringhiera e con un salto più goffo di quanto avesse voluto andò a cadere in una catasta di cartoni del vicino magazzino della cucina dell'albergo.

Un gatto scappò via veloce, miagolando tutta la sua sorpresa.

Rialzatosi e sistematosi un po' i vestiti, si diresse verso l'albero. I passi che faceva in quella buia e solitaria strada erano accompagnati dalla sua ombra che disegnava lungo i muri strane figure mostruose.

Quella decisione affrettata, la luce della luna e le ombre che proiettava lo facevano sentire il protagonista di un improbabile thriller per ragazzi.

Arrivò all'albero e si avvicinò alla targa, i lampioni della via illuminavano chiaramente la lapide e tutto il carosello di sciarpe, cappellini e biglietti lasciati dai passanti.

Scostò uno dei lumini votivi che circondavano l'aiuola e dopo essersi seduto chiuse gli occhi e toccò dolcemente la targa.

"Abbiamo fatto il nostro dovere" ad un tratto, "siamo felici di aver rispettato la nostra volontà e quella di tutto l'essere civile. Il nostro lavoro, come vedi, è ben riconosciuto dall'affetto e la vicinanza di tutti voi che passate da questo luogo, le sciarpe e i cappellini lo dimostrano. Certo, vorremmo essere stati in vita per proseguire il lavoro così drammaticamente interrotto ma ciò non è stato possibile; vedi la targa? Qualcuno ha scritto: *Tu che vieni qui a contemplare ricorda: non tutti i Siciliani sono mafiosi e non tutti i mafiosi sono Siciliani.* Questo è la nostra più grande soddisfazione: lasciare nei cuori di chi rimane l'assoluto disprezzo al fenomeno mafioso di tutti quei cittadini onesti che vivono con il duro lavoro.

Conrad, tu stai viaggiando per il mondo alla ricerca della storia e i suoi protagonisti e con la tua sensibilità riesci sempre a trovare le parole giuste per donare un sorriso a coloro che hanno dovuto abbandonare, loro malgrado, la vita terrena. Questo ti fa onore, noi non siamo in cerca di una parola particolare perché la tua presenza è sufficiente a renderci lieti ma voglio che tu porti il nostro messaggio oltre i confini di questo albero: la guerra porta solo guerra, la violenza porta sempre violenza. Ti ricordi di Triseryco il gladiatore? E del tuo viaggio nei luoghi delle grandi guerre mondiali? Il mostro di Firenze? Tutti quei morti sono li a ricordarci sempre la stessa cosa: basta odio, basta rancore, basta guerre, se solo vi voleste un po più bene e vi rispettaste per i pregi e i difetti che avete, avreste il paradiso sulla Terra. Quando un giorno farete l'ultimo viaggio verso il cielo vi accorgerete di quanto era sciocco e stupido l'odio che serbavate nel cuore, e allora sarà un viaggio triste, fra lacrime e con lo strazio nel cuore. Fortuna che persone come te, caro Conrad, si rimboccano le maniche e cercano di fare del loro meglio per rendere la vita più umana e vivibile. Noi abbiamo cercato di fare del nostro meglio e siamo arrivati a questo punto, ci auguriamo che facciate lo stesso o perlomeno nel limite delle vostre possibilità. Basta volerlo intensamente.

Conrad, grazie per la visita di questa sera, che la nostra luce ti accompagni per sempre."

Accarezzò un'ultima volta la lapide, e scorrendo le dita sulle parole "Onore e rispetto a chi è caduto per la nostra libertà." Con la mano destra estrasse un biglietto dal pigiama e lo depositò fra i rami.

"Il nostro buio mondo ha la fortuna di esser illuminato dal chiarore delle vostre stelle: una ottima via di luce per uscire dalla fine. Conrad".

La luce dell'alba si presentò dopo poche ore sotto forma di raggi color arancio. La stanza cominciò a rischiararsi dalle buie tenebre come un treno che esce da una buia galleria, tutto sembra prendere vita, rinascere.

Alzatosi dal letto, Conrad si preparò per la partenza. Nuove destinazioni erano in attesa della visita da parte del gruppo con Conrad che, senza ombra di dubbio avrebbe vissuto nuove sensazioni donando così qualche parola di conforto a qualche sfortunata anima.

Sistemato il tutto, salirono sul pullman direzione aeroporto.

La strada ricordava il viaggio dei due eroi con la differenza però che il gruppo la stava percorrendo al contrario cioè direzione aeroporto.

Durante il tragitto fu un rivivere di emozioni e forti sensazioni che lasciarono gli occhi lucidi a tutti i viaggiatori.

Finalmente, dopo aver visto paesaggi correre dal finestrino, alberi mossi dal vento e bimbi affacciati dalle finestre allungare gioiosamente le braccia in segno di saluto, l'acroporto si presentò innanzi a loro. Aerei che andavano altri che venivano sotto la supervisione della torre di controllo che da lontano vigilava sul traffico aereo. Le luci lampeggianti della torre e della pista adiacente facevano sembrare il tutto una giostra di un Luna Park.

Il pullman si fermò, i viaggiatori prese le valigie si indirizzarono alla biglietteria per il check in.

Dopo circa trenta minuti l'altoparlante annunciò che i viaggiatori del volo AH 339 diretto a New York potevano imbarcarsi.

Frettolosamente tutti si avviarono a bordo come se avessero paura di perdere l'aereo così tanto sospirato.

Entrarono.

Letizia e Conrad avevano il posto una accanto l'altro con lei seduta vicino al finestrino.

Pochi minuti e le hostess si presentarono per le spiegazioni e gli avvertimenti di routine informando dove stava la toilette e dissero che sarebbero passate più volte per la somministrazione di vivande e la distribuzione di giornali.

Il comandante dal citofono della sua cabina si presentò e dette informazioni tecniche circa il volo, la durata e le possibili perturbazioni. Ricordò ulteriormente di spegnere i cellulari e di mettersi le cinture di sicurezza.

L'aereo si mosse: dal finestrino di Letizia si scorgevano gli altri aerei fermi sulle piazzole che sembravano volessero salutarli augurando un buon viaggio.

Conrad poggiato il cappello nel vano posto sopra le loro teste, fece un sospiro di sollievo quando l'aereo si staccò da terra e si stava posizionando all'altezza necessaria per la trasvolata.

Ancora il comandante informò i passeggeri circa le condizioni climatiche e velocità di crociera. Augurando un comodo viaggio, riattaccò la cornetta del citofono lasciando un silenzio irreale.

Letizia lì accanto contemplava il panorama fuori del finestrino: soffici e biancastre nuvole scorrevano lente sotto di loro come se l'aereo scivolasse in un mare di panna montata.

Era così dolce e gentile Letizia, che sembrava un angelo caduto sulla Terra. A questo pensiero Conrad fece però i dovuti scongiuri in quanto la parola "caduto sulla Terra" espresso mentalmente durante un volo di linea non era molto di buon auspicio!

Il tempo di reclinare un po la comoda poltrona che si lasciò andare ad un sonnellino ristoratore con la speranza che il tempo volasse come quell'aereo.

Le hostess frequentemente passavano gentili nel corridoio interno per chiedere e informarsi se tutto andasse bene e per rifocillare con bevande calde o fredde e alimenti per smorzare quel senso di fame che, dopo diverse ore di volo immancabilmente si faceva sentire con quei rumoretti allo stomaco.

Ogni tanto, una visita alla toilette. Un bagnetto di pochi metri quadrati che una persona abbastanza robusta avrebbe trovato, forse qualche difficoltà a muoversi al suo interno. Piccolo ma ben organizzato: un water, un lavandino con sapone liquido e asciugamani di carta, uno specchio e sacchetti di carta. Dopo circa sei ore passate a mangiare, bere, leggere e qualche visita alla toilette, il comandante informò che erano giunti a destinazione: New York.

L'aereo con larghe virate si posizionò per l'atterraggio il quale avvenne in maniera quasi impercettibile e un grande applauso forse liberatorio scoppiò fra i passeggeri.

Non appena l'aereo si fermò ognuno prese i suoi effetti personali e bagagli a mano. Conrad afferrò il suo largo cappello di lana nera che prontamente si sistemò sulla testa.

Scesero dal velivolo e si recarono all'interno della sala d'aspetto dell'aeroporto. Non appena furono tutti riuniti, attesero la persona che l'avrebbe guidata in visita nella grande Mela.

Dopo pochi attimi una voce chiamò Conrad: era John suo fratello. Sarebbe stato lui la guida per quella fantastica metropoli.

Conrad era al corrente della cosa in quanto ne avevano parlato pochi mesi addietro quando John era in Toscana alla colonica e si erano confermati pochi giorni prima dell'arrivo del gruppo in America.

Dopo le presentazioni del caso vennero accompagnati da John in un albergo meraviglioso di proprietà di un suo caro amico. Avrebbero passato li quella settimana di visita alla città.

Il giorno dell'arrivo non visitarono molto ma lo fecero dall'indomani in poi.

New York trattandosi di una metropoli senza fine di 786 chilometri quadrati con una società multi razziale e così omogenea, era diversa dalle abitudini di vita e sociali in cui vivevano i visitatori italiani che comunque, ben si integrarono con le abitudini di vita locali.

Erano cinque giorni in cui avrebbero visto a grandi linee i cinque distretti della città: Manhattan, Bronx, Queens, Brooklyn e Staten Island.

John iniziò la sua storia o meglio quella della città, informando che nel '600 la città era Olandese e si chiamava Nieuw Amsterdam e venne fondata nel 1624 e che, attraverso varie conquiste da parte degli Inglesi nel 1664 venne ribattezzata New York e nel 1788 divenne indipendente.

"La storia dei grattacieli" proseguì John " *nasce da due motivi distinti. uno dal sempre maggior numero di abitanti e l'altro a causa*

del costo elevatissimo dei terreni che portarono l'isola di Manhattan tra gli anni dieci agli anni trenta a costruire edifici sempre più alti diventando così grattacieli.
Il grattacielo più alto dal 1931 al 1973 fu l'Empire State Building con i suoi 381 metri di altezza che diventavano 443 comprendendo l'antenna televisiva superato poi dalle torri gemelle del World Trade Center."

E fu proprio nel World Trade Center che si concentrò la visita della spedizione italiana di Conrad.
John posizionatosi al World Trade Center iniziò a parlare mentre tutti si sedettero in un bar chi con una bibita chi con un gelato.

"Il mattino dell'11 settembre 2001, diciannove terroristi dirottarono quattro aerei di linea passeggeri in viaggio verso la California dagli aeroporti Logan (di Boston), Washington Dulles (di Dulles, ma utilizzato per voli da Washington) e Newark (in New Jersey ma che serve anche New York). I dirottatori condussero due aeroplani, il volo American Airlines 11 e il volo United Airlines 175, a schiantarsi contro le Torri nord e sud del World Trade Center Un altro gruppo di dirottatori condusse il volo American Airlines 77 a schiantarsi contro il Pentagono, mentre un quarto volo, lo United Airlines 93, col quale i terroristi intendevano colpire il Campidoglio o la Casa Bianca a Washington, precipitò al suolo nei pressi di Shanksville, in Pennsylvania.
Nel corso del dirottamento, alcuni passeggeri e membri dell'equipaggio furono in grado di effettuare chiamate con l'apparecchio radiotelefonico aria-superficie della GTE e con i telefoni cellulari; affermarono che diversi dirottatori erano a bordo di ciascun aeroplano e che i terroristi avevano preso il controllo dei velivoli usando coltelli e taglierini per uccidere alcuni assistenti di volo e almeno un pilota o un passeggero, tra cui il comandante del volo 11, John Ogonowski; la Commissione d'indagine sugli attentati dell'11 settembre 2001 stabilì che due dei dirottatori avevano re-

centemente acquistato attrezzi multifunzione di marca Leather-
man.Qualche tipo di spray nocivo, come gas lacrimogeno o spray
al peperoncino, sarebbe stato utilizzato sui voli American 11 e Uni-
ted 175 per tenere i passeggeri fuori dalla cabina di prima classe.
Un assistente di volo dell'American Airlines 11, un passeggero del
volo 175 e alcuni passeggeri del volo 93 riferirono che i dirottatori
avevano delle bombe, ma uno dei passeggeri disse anche di ritenere
che si trattasse di ordigni inerti. Nessuna traccia di esplosivi fu tro-
vata sui luoghi degli impatti. Il Rapporto della Commissione sull'11
settembre afferma che le bombe erano probabilmente false.

Sul volo United Airlines 93 le registrazioni della scatola nera
hanno rivelato che l'equipaggio e i passeggeri tentarono di sot-
trarre il controllo dell'aereo ai dirottatori dopo aver saputo, per
via telefonica, che altri aerei dirottati erano stati mandati a schian-
tare contro degli edifici, quella mattina. Secondo la trascrizione
della registrazione, uno dei dirottatori diede l'ordine di virare il
velivolo quando fu chiaro che ne avrebbero perso il controllo a
causa dei passeggeri. Poco dopo, l'aeroplano si schiantò in un
campo vicino Stonycreek, nella contea di Somerset (Pennsylvania),
alle ore 10:03:11 ora locale (14:03:11 UTC). In una intervista ri-
lasciata al giornalista di al Jazeera Yosri Foda, Khalid Shaykh Mu-
hammad, dirigente di al-Qā'ida, affermò che l'obiettivo del volo 93
era il Campidoglio di Washington, il cui nome in codice era «la
facoltà di Legge».

Tre edifici del complesso del World Trade Center collassarono a
causa di danni strutturali, quel giorno. La torre meridionale (deno-
minata WTC 2) crollò alle 9:59 circa, dopo un incendio di 56 mi-
nuti causato dall'impatto del volo United Airlines 175; la torre set-
tentrionale (WTC 1) collassò alle 10:28, dopo un incendio di circa
102 minuti. La caduta di WTC 1 produsse dei detriti che danneg-
giarono la vicina 7 World Trade Center (WTC 7), la cui integrità
strutturale fu ulteriormente compromessa dagli incendi; l'edificio
collassò più tardi, quello stesso giorno, alle 17:20 ora locale.

Il National Institute of Standards and Technology promosse delle investigazioni sulle cause del collasso dei tre edifici, successivamente allargando le indagini sulle misure per la prevenzione del collasso progressivo, chiedendosi ad esempio se la progettazione aveva previsto la resistenza agli incendi e se era stato effettuato un rafforzamento delle strutture in acciaio. Il rapporto riguardo WTC 1 e WTC 2 fu terminato nell'ottobre 2005, mentre l'indagine sul WTC 7 è stata pubblicata il 21 agosto 2008: il crollo dell'edificio è stato causato dalla dilatazione termica, prodotta dagli incendi incontrollati per ore, dell'acciaio della colonna primaria, la numero 79, il cui cedimento ha dato inizio ad un collasso progressivo delle strutture portanti vicine.

Gli attacchi crearono grande confusione tra le agenzie di notizie e i controllori del traffico aereo in tutti gli Stati Uniti; a tutto il traffico aereo civile internazionale fu proibito di atterrare su terreno statunitense per tre giorni. Gli aerei già in volo furono respinti o indirizzati agli aeroporti in Canada o Messico. Radio e televisioni diffusero notizie non confermate e spesso contraddittorie per tutto il giorno; una delle ricostruzioni più diffuse raccontava di una autobomba esplosa nella Segreteria di Stato degli Stati Uniti a Washington.

Le vittime degli attentati furono 2974, esclusi i diciannove dirottatori: 246 su quattro aeroplani (88 sul volo American Airlines 11, 59 sul volo United Airlines 175], 59 sull'American Airlines 77 e 40 sul volo United 73; non ci fu alcun superstite), 2603 a New York e 125 al Pentagono. Altre 24 persone sono ancora elencate tra i dispersi.Tutte le vittime erano civili a parte 55 militari uccisi al Pentagono. Furono più di 90 i paesi che persero cittadini negli attacchi al World Trade Center.

Il NIST ha stimato che circa 17.400 civili erano presenti nel complesso del World Trade Center al momento degli attacchi, mentre i dati sui turisti elaborati dalla Port Authority of New York and New Jersey (l'"Autorità portuale di New York e del New Jersey") suggeriscono una presenza media di 14.154 persone sulle Torri Gemelle alle 8:45 del mattino. La gran parte delle persone al di sotto delle zone di impatto evacuarono in sicurezza gli edifici, come pure 18 persone che si trovavano nella zona di impatto della torre meridionale; Al contrario, 1366 delle vittime si trovavano nella zona di impatto o nei piani superiori della torre settentrionale; secondo il Rapporto della Commissione, centinaia furono le vittime causate dall'impatto, mentre le restanti rimasero intrappolate e morirono a seguito del collasso della torre. Quasi 600 persone furono invece uccise dall'impatto o morirono intrappolate ai piani superiori nella torre meridionale.

Almeno 200 persone saltarono dalle torri in fiamme e morirono, come raffigurato nella emblematica foto The Falling Man ("L'uomo che cade"), precipitando su strade e tetti degli edifici vicini a centinaia di metri più in basso. Alcune persone che si trovavano nelle torri al di sopra dei punti di impatto salirono fino ai tetti degli edifici sperando di essere salvati dagli elicotteri, ma le porte di accesso ai tetti erano chiuse; inoltre, non vi era alcun piano di salvataggio con elicotteri e, quella mattina dell'11 settembre, il fumo denso e l'elevato calore degli incendi avrebbe impedito agli elicotteri di effettuare manovre di soccorso.

È stato possibile identificare i resti di sole 1600 delle vittime del World Trade Center; gli uffici medici raccolsero anche «circa 10.000 frammenti di ossa e tessuti non identificati, che non possono essere collegati alla lista dei decessi». Altri resti di ossa furono trovati ancora nel 2006, mentre gli operai approntavano il Deutsche Bank Building per la demolizione.

La morte per malattie ai polmoni di alcune altre persone è stata fatta risalire alla respirazione delle polveri contenenti centinaia di composti tossici (quali amianto, mercurio, piombo, ecc.) causate dal collasso del World Trade Center. La gravità dell'inquinamento ambientale derivante da tali polveri - che investirono tutta la punta sud dell'isola di Manhattan - fu resa nota al grande pubblico solo a distanza di circa quattro anni dall'evento: sino ad allora le agenzie governative statunitensi avevano sottovalutato o nascosto il rischio ambientale, forse allo scopo di non causare ulteriore panico e di rendere più spediti i soccorsi, lo sgombero delle macerie, il ripristino delle normali attività della città così gravemente ferita. Successivamente agli attacchi alle Torri gemelle, il New York City Fire Department inviò rapidamente sul sito 200 unità, pari a metà dell'organico del dipartimento, che furono aiutati da numerosi pompieri fuori-servizio e da personale dei pronto soccorso. Il New York City Police Department inviò delle unità speciali dette "Emergency Service Units" e altro personale. Durante i soccorsi, i comandanti dei vigili del fuoco, della polizia e dell'Autorità portuale ebbero difficoltà a condividere le informazioni e a coordinare i loro sforzi, tanto che vi furono duplicazioni nelle ricerche dei civili dispersi invece che ricerche coordinate.

Con la situazione che peggiorava, il dipartimento di polizia, che riceveva informazioni degli elicotteri in volo, fu in grado di diffondere l'ordine di evacuazione che permise a molti dei suoi agenti di allontanarsi prima del crollo degli edifici; tuttavia, poiché i sistemi di comunicazione radio dei dipartimenti di polizia e di vigili del fuoco erano incompatibili, questa informazione non fu inoltrata ai comandi dei vigili del fuoco. Dopo il collasso della prima torre, i comandanti dei vigili del fuoco trovarono difficoltà a inviare gli ordini di evacuazione ai pompieri all'interno della torre, a causa del malfunzionamento dei sistemi di trasmissione all'interno del World Trade Center. Persino le chiamate al 911 (il servizio di emergenza) non furono correttamente inoltrate. Una enorme operazione di ricerca e salvataggio fu lanciata dopo poche ore dagli attacchi; le operazioni cessarono alcuni mesi dopo.

Gli attacchi dell'11 settembre sono il risultato degli obiettivi dichiarati da al-Qa'ida, così come furono formulati nella fatwa emessa da Osama bin Laden, Ayman al-Zawahiri, Abū Yāsir Rifā 'ī Ahmad Tāhā, Mir Hamzah, e Fazlur Rahman, la quale dichiarava che fosse «dovere di ogni musulmano uccidere gli americani in qualunque luogo».

L'origine di al-Qa'ida risale al 1979, anno dell'invasione sovietica dell'Afghanistan; poco dopo l'invasione, Osama bin Laden si recò in Afghanistan per collaborare con l'organizzazione dei mujaheddin arabi e alla formazione di Maktab al-Khidamat, una formazione il cui scopo era quello di raccogliere fondi e assoldare mujaheddin stranieri per resistere all'Unione Sovietica. Nel 1989, con il ritiro delle forze sovietiche dal conflitto afghano, il Maktab al-Khidamat si trasformò in una "forza di intervento rapido" del jihad contro i governi del mondo islamico.

Sotto la guida di Ayman al-Zawahiri, Bin Laden assunse posizioni più radicali. Nel 1996, Bin Laden promulgò la prima fatwa, con la quale intendeva allontanare i soldati statunitensi dall'Arabia Saudita. In una seconda fatwa promulgata nel 1998, Bin Laden avanzò obiezioni sulla politica estera statunitense nei riguardi di Israele, come pure sulla presenza di truppe statunitensi in Arabia Saudita anche dopo la fine della guerra del Golfo. Bin Laden ha citato testi dell'Islam per esortare ad azioni di forza contro soldati e civili statunitensi fin quando i problemi sollevati non saranno risolti, notando che «durante tutta la storia dei popoli islamici, gli ulema hanno unanimemente affermato che il jihad è un dovere individuale se il nemico devasta i paesi musulmani»

Gli attacchi dell'11 settembre ebbero un immediato e travolgente effetto sulla popolazione degli Stati Uniti. Molti agenti di polizia e soccorritori di altre parti del paese presero dei permessi dal lavoro per recarsi a New York ad assistere i propri colleghi nel recupero dei corpi dalle macerie delle Torri gemelle. Le donazioni di sangue ebbero un incremento nella settimana successiva agli attacchi in tutti gli Stati Uniti. Per la prima volta nella storia, tutti i velivoli civili degli Stati Uniti e di altri paesi (come il Canada), che non effettuavano servizi di emergenza, furono immediatamente fatti atterrare, recando grossi disagi a decine di migliaia di passeggeri in tutto il mondo. La Federal Aviation Administration chiuse i cieli statunitensi a tutti i voli internazionali, obbligando gli aerei a dirigersi su aeroporti di altri paesi; il Canada fu uno dei paesi maggiormente toccati da questo fenomeno e lanciò l'Operation Yellow Ribbon per gestire l'enorme numero di aerei a terra e di passeggeri bloccati negli aeroporti.

Il consiglio della Nato dichiarò che gli attacchi agli Stati Uniti erano considerati un attacco a tutti i paesi della Nato e che, in quanto tali, soddisfavano l'Articolo 5 del trattato NATO. Subito dopo gli attacchi, l'amministrazione Bush dichiarò la "Guerra al terrorismo", con l'obiettivo dichiarato di portare Osama bin Laden e al-Qa'ida davanti alla giustizia e di prevenire la costituzione di altre reti terroristiche. I mezzi previsti per perseguire questi obiettivi includevano sanzioni economiche e interventi militari contro gli stati che avessero dato l'impressione di ospitare terroristi, aumenti dell'attività di sorveglianza su scala globale e condivisione delle informazioni ottenute dai servizi segreti. L'invasione statunitense dell'Afghanistan (2001) e il rovesciamento del governo dei Talebani da parte di una coalizione guidata dagli Stati Uniti fu la seconda operazione della guerra effettuata al di fuori dei confini statunitensi in ordine di grandezza, la più vasta tra quelle direttamente collegate al terrorismo. Gli Stati Uniti non furono l'unica nazione ad aumentare la propria preparazione militare: stati come le Filippine e l'Indonesia dovevano infatti affrontare le minacce portate dal terrorismo islamista interno. Subito dopo, alcuni esponenti dell'amministrazione statunitense specularono sul coinvolgimento di Saddam Hussein, il presidente iracheno, con al-Qa'ida. Questi sospetti si rivelarono successivamente infondati, ma questa associazione contribuì a far accettare all'opinione pubblica l'invasione dell'Iraq del 2003.

Gli attacchi furono condannati da governi di tutto il mondo, e molte nazioni offrirono aiuti e solidarietà. I governanti della maggior parte dei paesi del Medio Oriente, incluso l'Afghanistan, condannarono gli attacchi. L'Iraq fece eccezione, in quanto diffuse immediatamente una dichiarazione in cui si affermava che «i cowboys americani stanno cogliendo il frutto dei loro crimini contro l'umanità».Un'altra eccezione molto evidenziata dai mass media furono i festeggiamenti da parte di alcuni Palestinesi. Circa un mese dopo gli attacchi, gli Stati Uniti d'America guidarono una vasta coalizione nell'invasione dell'Afghanistan, allo scopo di rovesciare il governo dei Talebani, accusati di ospitare al-Qa'ida. Le autorità del

Pakistan si schierarono nettamente al fianco degli Stati Uniti contro i Talebani e al-Qa'ida: i pakistani misero a disposizione degli Stati Uniti diversi aeroporti militari e basi per gli attacchi contro il governo talebano e arrestarono più di 600 presunti membri di al-Qa'ida, che poi cedettero agli statunitensi. Diversi paesi - tra cui Regno Unito, India, Australia, Francia, Germania, Indonesia, Cina, Canada, Russia, Pakistan, Giordania, Mauritius, Uganda e Zimbabwe - promulgarono legislazioni "antiterroristiche" e congelarono i conti in banca di persone che sospettavano avessero legami con al-Qa'ida. I servizi segreti e le forze di polizia di alcuni paesi - tra cui Italia, Malesia, Indonesia e Filippine - arrestarono persone che indicavano come sospetti terroristi con lo scopo dichiarato di distruggere le cellule terroristiche in tutto il mondo.

Gli Stati Uniti aprirono un centro di detenzione a Guantanamo Bay, a Cuba, per detenervi quelli che definirono "combattenti nemici illegittimi". La legittimità di tali detenzioni è stata messa in discussione dall'Unione Europea, dall'Organizzazione degli Stati Americani e da Amnesty International, tra gli altri.

Una indagine federale sulle caratteristiche tecniche e di resistenza agli incendi connesse con il collasso delle Torri gemelle e del WTC 7 fu condotta dal National Institute of Standards and Technology (NIST) dello United States Department of Commerce. Questa indagine aveva il compito di trovare il motivo del collasso degli edifici, il numero di morti e feriti causati, oltre che le procedure collegate alla progettazione e alla gestione del World Trade Center.

Il rapporto concluse che il rivestimento anti-incendio delle infrastrutture in acciaio furono spazzate via dagli impatti degli aerei e che, se questo non fosse accaduto, le torri sarebbero probabilmente rimaste in piedi.

Gene Corley, direttore dell'indagine originale, commentò che «le torri si comportarono in maniera impressionante. Non furono gli aerei dei terroristi ad abbattere gli edifici; fu l'incendio successivo. Fu dimostrato che era possibile abbattere due terzi delle colonne di una torre e l'edificio sarebbe restato in piedi». Il fuoco indebolì le travature di sostegno dei piani, facendole piegare verso il basso, tirando così le colonne in acciaio esterne che si piegarono verso l'interno. Con le colonne portanti danneggiate, le colonne esterne piegate non furono più in grado di sostenere gli edifici, causandone il collasso. Il rapporto afferma inoltre che le trombe delle scale non erano adeguatamente rinforzate per funzionare da via di fuga per le persone al di sopra della zona di impatto. Questo fu confermato da uno studio indipendente della Purdue University. I risultati dell'indagine del NIST sul WTC 7 sono stati pubblicati il 21 agosto 2008: il crollo dell'edificio è stato causato dalla dilatazione termica prodotta dagli incendi che divamparono incontrollati per ore, e che hanno in particolare interessato l'acciaio della colonna primaria numero 79, il cui cedimento ha dato inizio ad un collasso progressivo delle strutture portanti vicine.

Migliaia di tonnellate di detriti tossici risultanti dal collasso delle Torri gemelle contenevano più di 2500 contaminanti, tra cui alcuni elementi noti per essere cancerogeni.

Nei giorni immediatamente successivi agli attacchi, si tennero molte commemorazioni e veglie in tutto il mondo; mentre ovunque a Ground Zero furono affisse immagini delle vittime. Uno delle prime commemorazioni fu il Tribute in Light, una istallazione di 88 fari da ricerca posti nelle fondamenta delle Torri che proiettavano due colonne di luce verticalmente verso il cielo

Il monumento del Pentagono: si tratta di un parco con 184 panchine che fronteggiano il Pentagono. Quando il Pentagono fu ricostruito, nel 2001-2002, furono costruiti anche una cappella privata e un monumento interno, posti nel luogo dove il Volo 77 si schiantò nell'edificio.

A seguito degli attacchi, negli Stati Uniti e nel mondo sono stati sollevati diversi dubbi circa il reale svolgimento dei fatti e sono state formulate numerose teorie difformi da quelle comunemente accettate, generalmente configurabili come vere e proprie teorie del complotto.

Tali dubbi e teorie hanno dato luogo ad innumerevoli dispute e controversie circa la natura, l'origine e i responsabili degli attentati, contestando il contenuto dei resoconti ufficiali circa l'accaduto e

Inutile commentare gli stati d'animo di tutti: una cosa era averne sentito parlare in tv un altra invece essere lì e toccare con mano guardando le varie lapidi disposte a perenne ricordo.
Si alzarono dalle sedie del bar e cominciarono a visitare Ground Zero chi con aria sconcertata chi con senso di nodo in gola ma tutti, proprio tutti con gli occhi lucidi che spesso facevano scivolare qualche piccola lacrima.
Si recarono nel punto nevralgico, il cuore così duramente colpito dell'intera umanità; attorno a loro in un area immensa, cantieri i cui operai lavoravano senza sosta come tante formiche una dietro l'altra e tutte con il loro carico pesante e non solo fisicamente.
La terra sembrava urlare, tanto era stata offesa si sentiva solo il rumore dei mezzi che lavoravano nella zona.
Li proprio dove poggiavano i suoi piedi, era passato il Diavolo che con il suo cieco odio aveva tolto per sempre le speranze di migliaia di persone; più in la quelli che furono elementi strutturali del grattacielo, nel crollo avevano formato una croce che era diventata meta di culto di coloro che andavano a visitare Ground Zero.
La comitiva s'incamminò verso il punto così disgraziatamente famoso, ancora operai a sudare sotto il sole e ancora rumori di scavi ma, senza un motivo apparente tutti quei rumori sembravano non esistere, sembrava che volessero portare rispetto ai tanti morti e ai

tanti feriti che lì avevano salutato per sempre le proprie speranze di vita.

Conrad arrivato alla croce, non esitò a recitare una preghiera commossa; suo fratello John era davanti al gruppo e pure lui, anche se doveva conviverci sentiva forte la disgrazia in quanto al momento degli attentati lui stesso era a pochissima distanza dal World trade center per motivi di lavoro e che era scampato giusto perché rifugiatosi in un edificio che, come una mano dal cielo, lo protesse dall'inferno.

Nel frattempo Letizia si avvicinò a Conrad e sfiorandolo dolcemente disse:" Vieni con me avviciniamoci a quella croce." Mano nella mano, con un andatura lenta e guardandosi tutt'attorno, arrivarono sotto la croce che alta troneggiava con tutto il suo alone di tristezza e di speranza.

Letizia abbandonò la mano di Conrad e salì sulla base della croce, si inginocchiò e dopo una breve preghiera e un attimo di raccoglimento si voltò verso Conrad e disse di raggiungerla. Conrad sapendo a cosa sarebbe andato incontro salì fin sotto la croce ma una cosa inaspettata quanto incredibile si realizzò: Letizia che dava le spalle a quel simbolo di speranza le prese le mani dicendogli di stare tranquillo e non aver paura. Conrad meravigliato dal comportamento di Letizia non ebbe il tempo di pronunciare parola che tutto attorno a se cambiò.

La sirena dell'allarme cominciò a suonare: cosa stava succedendo? Si alzò dalla sedia e cominciò a correre verso l'autopompa " Tutti i mezzi in partenza" annunciò l'altoparlante della caserma.

Conrad non si rendeva bene conto cosa stesse succedendo ma, in quel momento sapeva benissimo cosa fare e salì sul mezzo che, azionata la sirena e a forte velocità partì direzione World trade center.

"No no no maledizione" urlavano i suoi colleghi " Facciamo veloce non abbiamo molto tempo!"

L'automezzo sfrecciava veloce zigzagando fra centinaia di veicoli.

L'urlo disperato della sirena preannunciava ciò che avrebbero vissuto e che non si sarebbero mai più scordato in vita loro.

Conrad capì tutto, questa volta le sue doti avevano superato ogni limite trasportandolo addirittura indietro nel tempo in quel maledetto giorno!

Era un vigile del fuoco, uno dei tantissimi eroici angeli che in quel giorno lasciarono impressa indelebile la solidarietà dei giusti.

Il mezzo arrivò sul posto, nuvole di polvere avevano avvolto auto, persone e tutto ciò che esisteva intorno l'area, persone urlanti e terrorizzate che fuggivano senza una precisa meta, la polizia che correva dentro e fuori gli edifici per aiutare coloro che erano rimasti intrappolati e per gestire inutilmente il traffico per i veicoli d'emergenza. Alzò gli occhi al cielo Conrad, il Diavolo dall'alto stava compiendo il suo sacrificio: persone che si gettavano dai piani dei grattacieli per scampare agli incendi, macchine urtarsi a causa della visibilità azzerata dalle polveri.

Era la fine del mondo.

E infatti in un senso, quel giorno fu la fine del mondo. Quelle immagini raccapriccianti rimasero impresse negli occhi e nel cuore di tutto il mondo.

Alcuni colleghi che erano con lui erano già scesi dai mezzi e già avevano sistemato gli idranti mentre altri erano entrati nel grattacielo vicino per evacuare l'edificio.

Conrad li seguì con bombole di aria, maschere apposite e di corsa entrarono. L'ingresso completamente pieno di fumo non permetteva una visuale perfetta ma doveva andare avanti; persone prese dal panico lo urtavano cadendo per poi rialzarsi immediatamente e scappare in cerca della salvezza. Non poteva prendere l'ascensore utilizzò quindi le scale. Piani e piani di corsa con il peso delle bombole sulle spalle non facevano sentire stanchezza o affanno, non poteva. Centinaia, migliaia di persone erano bloccate all'interno e il fuoco avanzava. Si avvicinò ad una porta dalla quale si sentivano grida e rumori di crolli, prese un ascia anti incendio e sfondò la porta, entrò passando con cautela in mezzo a mobili incendiati con il fumo che rendeva impossibile vedere cosa ci fosse all'interno della stanza. Nel camminare inciampò su qualcosa che sembrava un sacco e che invece era una persona svenuta per la mancanza di aria.

Conrad prese la maschera e la sistemò alla persona li a terra dandogli dell'aria da respirare e si caricò lo sfortunato, con l'aiuto del collega, sulla spalla togliendola dalla stanza ormai avvolta dalle fiamme. All'esterno altri colleghi presero il malcapitato e lo portarono via mentre Conrad tornò nella stanza per vedere se qualche persona fosse ancora rimasta all'interno. Accertatosi che non vi era più nessuno all'interno uscì, fece un altra rampa di scale e arrivò al piano superiore.

Era al trentesimo piano adesso ancora persone che fuggivano correndo e cadendo dalle scale ormai invase da fumo e gente che accalcata, urtava per mettersi in salvo.

Aprì ancora stanze e stanze, alcune con persone imprigionate altre vuote. Sentiva il cuore esplodere dalla fatica ma non importava, la sua missione era quella di salvare più persone possibili.

Aveva bisogno di una bombola di aria, quella che aveva stava terminando e chiamò via radio i suoi colleghi che però non potevano far nulla in quell'inferno. Provò a parlare via radio con la polizia ma le frequenze diverse non permettevano le comunicazioni: sarebbe dovuto uscire dall'edificio per prendere una ulteriore bombola.

Decise che sarebbe stato tempo perso lo scendere e risalire trenta piani. Come avrebbe potuto?

Poi tutta quella gente che fuggiva, il fumo che aveva ormai annientato ogni possibile via di salvezza e la paura, tanta paura soffocava gli animi di tutti.

Il calore, mano a mano che Conrad saliva di piano in piano era sempre più soffocante, sembrava di essere davvero alle porte dell'inferno. Ancora c'era un po' d'aria di scorta e ne approfittò per tirare fuori dalle stanze che sembravano essere diventati forni, ancora tante altre persone che non ce l'avrebbero mai fatta con le proprie forze. Era adesso al trentaseiesimo piano, tutt'intorno paura e un fumo che aveva creato una nebbia mortale, una trappola cui sarebbe stato impossibile uscirne fuori senza adeguata attrezzatura.

Adesso doveva scendere, la scorta d'aria non sarebbe stata sufficiente ma non importava avrebbe usato un fazzoletto bagnato per gli ultimi piani prima dell'uscita.

Un cenno ai colleghi che veloci lasciarono il piano chi con aria ancora sufficiente per salire ancora a salvare più persone possibili e altre, come Conrad per uscire dall'edificio e prendere nuove bombole.

Adesso le scale erano meno affollate, questo aveva un doppio significato uno positivo e un altro molto meno.

Coloro che avevano potuto fuggire da soli erano già all'esterno gli altri che non erano ancora stati soccorsi, attendevano ancora chissà in quali condizioni.

Scese di corsa le scale. La pesante e ingombrante bombola sobbalzava sulla schiena, le gambe ora si facevano fragili ora riprendevano vigore per quell'ultimo sforzo.

Ad un tratto un tremore che sembrò un terremoto e subito dopo il rumore di un nuovo crollo che, dapprima lontano si fece sempre più forte e minaccioso.

Conrad in quel lasso di tempo così veloce rivide tutta una vita, non la sua però.

Vide un padre che giocava gioioso con i suoi due figli con i nonni sorridenti a guardarlo dalla finestra di casa. Sua moglie che seduta in giardino guardava con amore la sua amata famiglia; le gite al mare con gli immancabili picnic sotto gli alberi, le escursioni sulle montagne, le risate dei suoi bimbi e gli abbracci dati sempre con amore. Quei "grazie papà" di tutte le volte che tornava a casa con un regalo per loro con la moglie intenta a cucinare.

Vide tutto ciò e ne provò sulla propria pelle le emozioni.

Un urlo di disperazione che il buio avvolse tutto.

Impaurito e sotto shock Conrad riaprì gli occhi. Il cuore era a serio rischio infarto e il tremore lo aveva sopraffatto; non riusciva a parlare continui balbettii senza senso uscivano dalla sua bocca quando alla vista di Letizia, cominciò a piangere come un bimbo.

Forse il bimbo di quell'eroico vigile del fuoco.

Prendendolo per mano e datogli un bacio sulla fronte Letizia disse a Conrad:" Questa è stata la prova più grande che hai dovuto sostenere vero?"

Conrad rimase ancora allibito: cosa significavano e perché pronunciate proprio da lei?

Stava per domandarglielo che lei già aveva raggiunto il gruppo che nel frattempo, stava organizzandosi per il rientro. Ripresosi leggermente da ciò che gli era capitato, Conrad seguì il gruppo fino al pullman e da li fino all'albergo.

All'arrivo si recò in camera e volle rimanere solo fino l'indomani mattina, giorno di partenza per il rientro in Italia.

Le nuvole che sembravano far scivolare l'aereo su un mare di panna montata, accompagnarono i passeggeri fino all'aeroporto italiano.

Era turbato Conrad a tal punto che si fece accompagnare da Letizia fino a casa.

Avrebbe voluto parlarle e chiederle alcune cose ma non era nello stato d'animo adatto. Pronunciò solo qualche frase di circostanza fino all'arrivo al casale.

Letizia lo accompagnò in casa aiutandolo con la valigia. Il largo cappello di lana e l'impermeabile amico di mille avventure cadevano come inerti sul braccio di Conrad. Sembrava che pure loro avessero subìto le emozioni ricevute.

"Riposati adesso" disse Letizia con quella voce gentile che era parte integrante del suo essere "Tornerò presto a trovarti, riposati e non stressare troppo la tua anima con ricordi e emozioni vissute."

Detto questo aprì la porta di casa e se la richiuse alle spalle.

Era di nuovo solo Conrad, solo con i suoi pensieri e quella solitudine che certo non aiutava. Si sentiva stanco, le gambe pesanti gli ricordavano il vigile del fuoco che correva per le scale.

Andò a dormire.

Sdraiato sul letto i suoi occhi scrutavano tutto intorno. I rilievi floreali del letto sembravano così sconosciuti, la foto sul mobile dei suoi genitori era lì a guardarlo ma, era diverso.

Tutto tremendamente diverso.

Si alzò per chiudere la finestra, la mente lo riportò alla notte di tempesta in cui solitaria, la bottiglietta di minerale viaggiava felice nel cortile.

Aveva una cosa in comune Conrad con quella bottiglietta, la solitudine.

Quel contenitore che sembrava essersi smarrito come adesso lui si sentiva dentro.

Abbasso le lenzuola e si sdraiò. Non ci fu il tempo di risistemarsi che il sonno lo colse portandolo anima e corpo lontano, nei suoi sogni.

La mattina arrivò come sempre con il canto del gallo e i rintocchi delle campane.

Le gambe erano sempre più deboli, pensò che si fosse stancato troppo nell'ultima gita a New York. Si preparò il caffè ma la testa girava in maniera strana quella mattina.

Si sdraiò e dopo un ora, sentendosi meglio proseguì per le sue solite faccende domestiche.

Passarono due mesi, Letizia telefonò a Conrad per avere notizie. Rispose John, il fratello dicendole se poteva recarsi al casale a fargli una visita.

Conrad era malato.

Letizia frettolosamente si recò da Conrad per vedere cosa fosse successo.

Arrivò ed entrò in casa. John la accompagnò in camera dove, sdraiato sul letto e con un colore biancastro giaceva Conrad in preda a forti attacchi di tosse e con la maschera a ossigeno.

Chiese cosa fosse accaduto e John con gli occhi lucidi dal pianto ritirandosi con Letizia in cucina le spiegò che Conrad era affetto da neoplasia polmonare maligna contratta secondo i medici pochi mesi prima.

"Va da lui, chiede spesso di te" disse John.

Letizia sapeva cosa era successo, la causa di quel male incurabile di Conrad. Si soffermò per un attimo sulla porta poi, preso coraggio entrò.

Si avvicinò al letto e gli prese la mano. Conrad aprì gli occhi e con un filo di voce pronunciò "Letizia!"

"Si sono qui come stai? Cosa dicono i medici?"

Un sorriso appena accennato fu la risposta di Conrad: "Fino a due mesi fa giravo il mondo adesso sono qui su un letto e so che morirò presto. Dimmi Letizia, dimmi di New York ti prego."

"Non preoccuparti" rispose lei "ancora non è giunta la tua ora fidati di me, quando ciò accadrà sarò qui."

"Mi fido" con un filo di voce Conrad "Mi sono sempre fidato di te, non ne conosco il motivo ma ho sempre sentito che te eri speciale. Non so come andrà a finire tutto questo ma sappi che ti ho sempre avuta nel mio cuore."

"Lo so" rispose ancora Letizia "so tante cose che nemmeno immagini che io sappia" regalandogli un sorriso che sembrava vedere tutte le stelle del firmamento "adesso devo andare domani parto per una visita fuori Italia ma tornerò presto." Si avvicinò ulteriormente e con un bacio sulla fronte lo salutò. Lasciata la camera e salutato John se ne andò dalla colonica con quel lontano rumore dell'automobile che metteva ancora più tristezza nel cuore di Conrad.

La mattina successiva Letizia con il resto del gruppo, partì dall'aeroporto direzione Iraq.

Il volo era così diverso dal precedente che portava la mente di Letizia lontano, oltre le nuvole che anche questa volta lasciavano scivolare dolcemente l'aereo. Sapeva che questo viaggio sarebbe stato l'ultimo che avrebbe fatto.

Era arrivata alla fine della sua missione.

L'aereo atterrò e subito fu pronto un bus per accompagnare i passeggeri con le loro ingombranti valigie. La guida subito pronta dette loro il benvenuto nella regione del Dhi Qar e si apprestò una volta sistemati tutti nel pullman a loro disposizione, alla sistemazione in albergo per una rilassante doccia e per sistemarsi per i giorni che avrebbero passato nel posto.

Le condizioni di Conrad nel frattempo peggioravano: la maschera dell'ossigeno ricordava sempre più forte il momento del trapasso

del vigile del fuoco delle torri gemelle, il continuo soffio dell'aria che usciva dalla maschera faceva pensare molto Conrad non solo per le sue gravi condizioni di salute ma per tutto ciò che circondava la sua persona: John, Letizia e la foto dei suoi genitori che stava sul mobile di camera che sembrava fossero presenti al suo capezzale.
E forse lo erano.
Il medico di Conrad salutò John. Aveva più volte visitato suo fratello e con il cuore in gola ancora una volta, non poté far altro che constatare il peggiorarsi delle condizioni cliniche e che sicuramente non avrebbe avuto più di un mese di vita.
John salutò il medico e richiusa la porta si guardò attorno. La silenziosa cucina sembrava adesso voler parlare urlando tutta la disperazione. La moka ben pulita accanto al bicchiere rovesciato sopra il lavandino in pietra chiedevano fortemente di poter essere utilizzate ancora una volta, ancora i vapori del caffè volevano alzarsi in volo andando a salutare il loro amico Conrad ringraziandolo per tutte le volte che li aveva fatti vivere seppur per brevissimo tempo. Le legna sul caminetto spento giacevano inerti e sapevano che non avrebbero più arso di viva fiamma a scaldare i frequenti sonnellini che il loro compagno di vita faceva spesso sulla sedia di fronte a loro.
Come d'incanto nell'aria si sentì lontano un odore di zuppa, la zuppa di pane e funghi che la madre quando loro erano piccoli, cucinava nel suo amato tegame di alluminio. In quel momento il tempo si era fermato e John si lasciò cadere sulla sedia di paglia intrecciata.
Con le mani sul volto e la testa china sopra al tavolo, pianse.
Dopo pochi minuti alzatosi dalla sedia, si recò da suo fratello Conrad per vedere se avesse avuto bisogno di qualcosa. La finestra che dava sul cortile era aperta e lasciava entrare liberi i raggi del sole. Tutta la camera sembrava avere preso vita in quel momento, raggi di luce che entravano negli angoli più bui e nascosti della stanza, i motivi floreali degli intarsi del legno del letto sembravano rinnovati e circondavano Conrad in un abbraccio fraterno. John allungò la mano a prendere quella di suo fratello e lui, con una leggera smorfia

sul volto gli sorrise sussurrandogli "Caro fratello mio siamo giunti alla fine. Ho visto tante cose in questi ultimi tempi che non mi è possibile spiegare con le parole" la voce spesso rotta da violenti colpi di tosse poi proseguiva: "Quante cose brutte abbiamo fatto, quanti figli sono rimasti orfani per la stupidità altrui, il mondo e la vita hanno sempre cavalcato veloci sopra a persone che volevano vivere e sognare ma non gli è stato permesso di farlo appieno; John fratello mio, grazie di tutto l'aiuto e di tutta la vicinanza che mi hai donato in questa mia vita, questa vita cui il destino ha giocato le sue carte con tutti e questa volta lo ha fatto con me. Vai al mobile, nel primo cassetto troverai una busta che scrissi tanto tempo fa, prendila e fa che tutto sia disposto nel migliore dei modi."

John lasciò per un attimo la presa dalla mano di suo fratello e andò verso il mobile. Aprì il primo cassetto e in bella vista c'era una busta sigillata con scritto il nome di John, la prese. Per un'attimo gli sembrò che la foto dei suoi genitori fosse rischiarata da una luce inesistente e i volti dei suoi amati lo guardassero intensamente con aria felice e così serena.

John prese la cornice e con il cuore pieno di amore baciò la foto.

Diretto verso Conrad aprì la busta e lesse il contenuto; suo fratello ascoltava e annuiva con la testa ogni parola letta da John e quando la lettera fu terminata Conrad con il suo sussurro che dava tanto calore ma nel tempo stesso tanta pena disse: "Questo è ciò che ho deciso per te e la tua famiglia, ciò che è mio è tuo la casa con la terra attorno, il canto del gallo e il rintocco delle campane vivrà sempre in me perché ci sarai ogni tanto, tu ad ascoltarlo. Vivi la tua vita con tua moglie e i tuoi figli come il regalo più bello mai donato, fate entrare sempre in voi amore e rispetto per tutto ciò che vi circonda e fate del vostro vivere una missione di pace e solidarietà per coloro che non hanno avuto fortuna nella loro vita. Sappi che non c'è niente di più bello del vedere sorgere il sole al mattino e vederlo scomparire al tramonto, se lo saprai ascoltare ti dirà che è felice nell'aver vissuto quel giorno con te avendoti fatto sognare quella splendida giornata. Sarai stato vivo con essa.

Sappi ascoltare il rumore del vento, il frangersi delle acque sugli scogli, il canto dei gabbiani e il roseo colore del alba sui monti: tutto ciò vuole parlare con te, ascoltalo. Dì ai tuoi figli di lottare per i loro sogni, non rinuncino mai a essi pensando che ci vorrà troppo tempo per realizzarsi, il tempo passerà comunque. Io sono stato fortunato nella mia vita, ho visto tante cose ed ho vissuto a mio modo la storia, ho imparato a controllare il tempo e questo significa sapere controllare l'attimo, ricorda sempre che in un piccolo istante esiste la potenza dell'infinito.

Se riuscirete a trarre vantaggio da quell'attimo così minuscolo, sarete padroni del tempo. E se ti capita di essere triste fermati e pensa che la vita è troppo breve per non essere felici, vivi ogni tuo giorno e sii felice per ciò che sei, guarda verso il sole e sorridi. Sei vivo, ed è così bello.

Ogni tanto guarda verso il cielo, se vedrai una stella illuminare le altre vicine sarò io che da lassù ti saluto e ti dono la mia benedizione e quando vedrai invece una stella cadente, sarà la mia anima che dopo aver viaggiato per l'universo, tornerà felice dentro la bellezza dell'essere."

Conrad dopo queste parole esausto e con i continui colpi di tosse che sembravano volessero far esplodere i suoi polmoni, abbandonò la mano di suo fratello John per riposarsi e per riprendere le forze.

John tornò in cucina e nuovamente i suoi occhi tornarono a piangere.

Una settimana dopo il campanello della colonica suonò.

John si alzò dalla sedia accanto il letto di suo fratello e andò ad aprire.

Era Letizia appena rientrata dalla visita in Iraq.

S'informò delle condizioni di Conrad ed insieme entrarono nella stanza dove, ormai privo di ogni forza stava immobile Conrad con la bombola di ossigeno sempre a donargli attimi di vita in più.

Letizia chiese se poteva restare sola con Conrad e John con fare gentile uscì chiudendo la porta.

Conrad vedendo Letizia accanto a lui capì che era arrivato il momento, si ricordava delle parole di lei quando si recò a fargli visita prima che partisse per l'Iraq.

Letizia si sedette accanto gli prese le mani e dopo averlo salutato cominciò a parlare:

" Conrad amico mio, è giusto che adesso sveli la mia vera identità. Io ho sempre saputo tutto, del fatto che potevi dialogare con le varie entità nei posti che visitavamo, ero con te ad Auschwitz ed è da lì che è iniziata la mia missione; dovevo accompagnarti per un lungo viaggio, un viaggio che ci ha portato a visitare quei luoghi dove la storia ha colpito forte spazzando via i sogni e tutti i progetti di coloro che l'hanno vissuta. Sono appena tornata da una città dell'Iraq: Nassiriya.

Sono stata mandata sulla terra per cercare di farvi capire gli enormi errori che l'umanità tutta sta compiendo verso se stessa e la Terra che li ospita. Diciamo " un angelo" che su di te ha trovato il suo perfetto compagno.

Sai che la tua situazione di salute e grave e sai che presto diventerai "quella stella cadente che gioiosa viaggerà per il mondo" ma non temere, non sarai solo. Io sarò per sempre il tuo angelo e starò sempre con la tua anima, continueremo a visitare luoghi e continueremo assieme la nostra missione per fare capire gli sbagli che perennemente rovinano i vostri sogni.

La nostra missione terrena sta terminando ma devi conoscere ancora una storia. Sono tornata per illustrartela e per dar pace a coloro che sono caduti. Conrad questa è la tua ultima missione terrena.

Conrad annuì, aveva giurato che avrebbe cercato di dare sollievo alle povere anime che cercavano pace e allungando ancora le mani a creare un contatto con quelle di Letizia la mente visse la sua ultima missione.

Dapprima un senso di calore poi un senso di vuoto da fare venire la nausea, adesso quello che sembrava un distacco terreno con la mente che vagava lontano.

Seppur non fisicamente adesso la mente di Conrad con l'aiuto di Letizia era in una zona desolata con macerie e tanta tristezza tutt'intorno.
Vide all'orizzonte un complesso distrutto, si avvicinò. Presto capì che era una caserma italiana. Si avvicinò ancora e guardatosi intorno entrò in quelle che un tempo furono le solide pareti della struttura.
Ovunque macerie e distruzione, nell'aria come un odore di polveri e di morte. Si sedette sul primo masso che trovò e fu così pronto per la sua ultima missione.

§

Nassiriya, città irachena, capoluogo della provincia di Dhi Qar.
Situata sulle rive dell'Eufrate circa 360 km (225 miglia) a sud-est di Baghdad, vicino alle rovine della antica città di Ur dei Caldei. Secondo il censimento del 1987 aveva una popolazione di 265.937 abitanti; la popolazione stimata nel 2003 era di 560.200 abitanti. La maggioranza della popolazione di Nasiriya è musulmana sciita. Il museo della città ha una grande collezione di reperti Sumeri, Assiri, Babilonesi, e Abbasidi. Le rovine delle antiche città di Ur e Larsa sono situate nelle vicinanze.
La citta fu fondata nel 1870 dallo sceicco Nasir Sadun della confederatione tribale Muntafiq, dal quale prese il nome. Durante la I Guerra Mondiale, nel luglio 1915, gli Inglesi conquistarono la città, controllata a quel tempo dall'Impero Ottomano. Circa 400 soldati britannici e indiani furono uccisi nella battaglia per Nasiriya, e circa 2mila Turchi.
Nel 2003 è stata coinvolta nella Seconda Guerra irachena. La guerra e soprattutto il Dopoguerra hanno danneggiato molti edifici della città.
La scelta di Nassiriya come luogo per alloggiare le truppe italiane (3000 militari, finanziata con 232.000.451 €, a fronte dei restanti aiuti italiani all'Iraq: un ospedale italiano a Bagdad, protetto da 30 Carabinieri e costato 12.000.000 €) della missione umanitaria è sempre stata giustificata ufficialmente dal valore storico/archeologico della zona di Nassiryia da preservare. Quindi "motivi culturali". Tale scelta è stata oggetto di una interpellanza parlamentare (On. Antonello Falò, del marzo 2004), in quanto la scelta di localizzare le truppe italiane a Nassiriya è parsa a molti dettata da motivi estranei a quelli umanitari.

La città è sede di importanti giacimenti petroliferi, vi transita un importante oleodotto, ed è ricca di uranio (non ancora sfruttato). Anche l'AGIP, in partnership con Repsol ha attività di trasformazione petrolifere a Nasiriya (raffineria a 4 km), dove è inoltre la sede della Oil Distribution Compan
Nel mese di marzo 2003 inizia l'operazione Iraqi Freedom (OIF), o seconda guerra del golfo, da parte di una coalizione composta principalmente degli eserciti britannico e statunitense e da altri Stati. Il 1 maggio 2003 la guerra è ufficialmente finita, anche se di fatto gli eserciti stranieri non hanno mai avuto il controllo pieno del territorio, subendo enormi perdite dovute ad attacchi ricorrenti.
La risoluzione ONU 1483 del 22 maggio 2003 approvata dal Consiglio di Sicurezza delle Nazioni Unite invita tutti gli Stati a contribuire alla rinascita dell'Iraq, favorendo la sicurezza del popolo iracheno e lo sviluppo della nazione.
L'Italia partecipa attraverso la missione "Antica Babilonia" fornendo forze armate dislocate nel sud del Paese, con base principale a Nassiriya, sotto la guida inglese. La missione italiana è iniziata il 15 luglio 2003 ed è un'operazione militare con finalità di peacekeeping (mantenimento della pace), che ha i seguenti obbiettivi:
** ricostruzione del "comparto sicurezza" iracheno attraverso l'assistenza per l'addestramento e l'equipaggiamento delle forze, a livello centrale e locale, sia nel contesto della NATO sia sul piano bilaterale;*
** creazione e mantenimento della necessaria cornice di sicurezza;*
** concorso al ripristino di infrastrutture pubbliche ed alla riattivazione dei servizi essenziali;*
**rilevazioni radiologiche, biologiche e chimiche;*
**concorso all'ordine pubblico;*
** polizia militare;*
**concorso alla gestione aeroportuale;*
**concorso alle attività di bonifica, con l'impiego anche della componente cinofila;*
**sostegno alle attività dell'ORHA;*
** controllo del territorio e contrasto alla criminalità.*

La missione termina il 1 dicembre 2006.

Il 12 novembre 2003 avviene il primo grave attentato di Nassiriya. Alle ore 10:40 ora locale, le 08:40 in Italia, un camion cisterna pieno di esplosivo scoppiò davanti la base MSU (Multinational Specialized Unit) italiana dei Carabinieri, provocando l'esplosione del deposito munizioni della base e la morte di diverse persone tra Carabinieri, militari e civili. Il tentativo del Carabiniere Andrea Filippa, di guardia all'ingresso della base "Maestrale", di fermare con il fucile Ar 70/90 in dotazione i due kamikaze riesce, tant'è che il camion non esplode all'interno della caserma ma sul cancello di entrata, altrimenti la strage sarebbe stata di ben più ampie dimensioni. I primi soccorsi furono prestati dai Carabinieri stessi, dalla nuova polizia irachena e dai civili del luogo. Nell'esplosione rimase coinvolta anche la troupe del regista Stefano Rolla che si trovava sul luogo per girare uno sceneggiato sulla ricostruzione a Nassiriya da parte dei soldati italiani, nonché i militari dell'esercito italiano di scorta alla troupe che si erano fermati lì per una sosta logistica.

I caduti dell'Esercito Italiano appartenevano al Reggimento San Marco, alla Brigata Folgore, al Reggimento Trieste, al Reggimento Savoia, al Reggimento Trasimeno , al 13 Reggimento Carabinieri di Gorizia ed al 7° Reggimento Carabinieri "Trentino-Alto Adige" di Laives. Sono morti anche alcuni appartenenti alla Brigata Sassari che stavano scortando la troupe cinematografica di Stefano Rolla e 3 militari del 6° Reggimento Trasporti della Brigata Logistica di Proiezione, che stavano scortando il cooperatore internazionale Marco Beci.

La camera ardente per tutti gli italiani morti venne allestita nel Sacrario delle Bandiere del Vittoriano, dove fu oggetto di un lungo pellegrinaggio di cittadini. I funerali di Stato si svolsero il 18 novembre 2003 nella basilica di San Paolo fuori le mura, a Roma, officiati dal cardinale Camillo Ruini, alla presenza delle più alte autorità dello Stato, e con vasta e commossa partecipazione popolare; le salme giunsero nella basilica scortati da 40 corazzieri a cavallo. Per quel giorno fu proclamato il lutto nazionale.

Il Comando dell'Italian Joint Task Force (IJTF) si trovava a Tallil, a 7 chilometri da Nassiriya, vicino al Comando USA. Il Reggimento carabinieri MSU era diviso su due postazioni: la base "Maestrale", dove è avvenuto l'attentato, al centro di Nassiriya e durante il regime di Saddam Hussein era sede della Camera di Commercio. L'altra sede era la Base "Libeccio" o "Animal house", distante poche centinaia di metri dalla prima, e gravemente danneggiata anch'essa dall'esplosione. Era infatti intendimento dei Carabinieri, contrariamente alla scelta dell'Esercito di stabilirsi lontano per avere una maggiore cornice di sicurezza, posizionarsi nell'abitato per un maggior contatto con la popolazione. Due mesi dopo l'attentato, il Reggimento CC lasciò definitivamente anche la Base "Libeccio", trasferendosi alla base di "Camp Mittica" nell'ex aeroporto di Tallil, a 7 km da Nassiriya.

Due furono le inchieste aperte su questi fatti. Una avviata dalle autorità militari volle scoprire se venne fatto tutto il necessario per prevenire gli attacchi. Le due forze armate coinvolte giunsero a conclusioni diverse; l'Esercito chiese una consulenza al generale Antonio Quintana, secondo il quale sistemare la base al centro della città e senza un percorso obbligato a zig-zag per entrare all'interno di essa fu un errore. Mentre per la commissione nominata dall'Arma dei Carabinieri e guidata dal generale Virgilio Chirieleison non ci furono omissioni nell'organizzazione della sicurezza della base. Lo stesso Abu Omar al Kurdi, terrorista di al-Qāʿida reo confesso dell'organizzazione dell'attentato, affermò che era stata scelta la "Base Maestrale" in quanto si trovava lungo una strada principale che non poteva essere chiusa.

L'altra inchiesta venne aperta dalla procura di Roma per cercare di individuare gli autori del gesto. Il suo lavoro non fu facile dato che dovette lavorare su un territorio straniero in cui le condizioni non erano stabili. L'unica cosa stabilita con certezza è che a scoppiare fu un camion cisterna con 150-300 kg di tritolo mescolato a liquido infiammabile. Il 24 maggio 2007 il procuratore chiese il rinvio a giudizio per due generali dell'esercito (i due comandanti che si avvicendarono alla guida della Missione Antica Babilonia) ed un colonnello dei Carabinieri (il comandante pro tempore del Reggimento MSU) per il reato previsto dall'art. 98 del codice penale militare di guerra: omissione di provvedimenti per la difesa militare.

Si sospettò che Abū Mus'ab al-Zarqāwī sia stato il mandante degli attentati, appoggiato dagli estremisti sunniti, mentre per la parte finanziaria si pensò ad un professore di teologia che lavorava all'ateneo di Bagdad. Un'altra ipotesi portò verso il coinvolgimento di una cellula terroristica libanese molto vicina agli ambienti di Al-Qā'ida, infatti le modalità dell'attacco ricordavano altri attentati accaduti in Libano ed, inoltre, alcuni terroristi arrestati a Beirut avrebbero raccontato diversi particolari della strage di Nassiriya. Entrambe le piste portarono, comunque, ad un coinvolgimento di persone venute da fuori della provincia di Dhi Qar a prevalenza sciita e questo avrebbe confermato quanto affermato dai vertici della base "Maestrale", cioè che non c'erano motivi particolari di preoccupazione in quanto la popolazione locale non era ostile verso i militari italiani e gli estremisti locali venivano monitorati con attenzione.

I morti ed i feriti dell'attentato furono insigniti della Croce d'Onore con una cerimonia tenutasi il 12 novembre 2005 presieduta dal Presidente della Repubblica Italiana Carlo Azeglio Ciampi.

Alle vittime dell'attentato, inoltre, vennero intitolate numerose vie, piazze e monumenti un po' in tutta Italia.

Letizia lasciò la presa, adesso le mani di Conrad erano libere ma lui viveva adesso in un mondo parallelo. Tornarono alla mente Triseryco il gladiatore con le sue aspettative e la sua agognata libertà, i monumenti ai caduti della prima e della seconda guerra mondiale con le voci che non finivano mai di ringraziarlo nell'aver portato quella pace interiore a tutti loro, e ancora i morti del mostro di Firenze, gli eroi Falcone e Borsellino come quelli degli attentati dell'11 settembre, i vigili del fuoco di cui lui stesso aveva avuto l'onore di appartenere anche se in un viaggio paranormale. Naturalmente il viaggio di Conrad proseguì ancora passando laddove tutto

ebbe inizio: l'incidente di Auschwitz e terminò con il saluto dei soldati al suono del silenzio.
Letizia uscì dalla camera chiamando John.

Il casolare di campagna fu illuminato da una luce celestiale: il canto del gallo echeggiò, la campana del lontano campanile regalò il suo splendido tocco e il vento carezzo dolcemente le spighe del grano tutto intorno. Il ceppo di legno nel camino si ruppe sotto il peso di quello sopra e il bicchiere capovolto del caffè terminò per sempre di gocciolare. Ad un certo punto fuori dalla finestra, un rumore di qualcosa che rotolava voleva far sentire forte la sua presenza, John si affacciò un momento e vide in cortile fra i rami degli alberi mossi dal vento e dalle tortore che a coppia guardavano nella stanza, correre veloce a terra una bottiglietta di minerale che andava e veniva trasportata dal vento.
Anch'ella volle porgere un ultimo saluto all'amico che gli aveva donato un pensiero, in una notte di tanto tempo prima.
John tornò verso il fratello e lo baciò teneramente mentre Letizia guardava dalla porta della camera.
"Il destino è compiuto" esclamò Letizia asciugandosi una lacrima che vistosa scivolava sul suo volto "non appena muore una persona unica come Conrad" disse a John "la natura lo saluta e lo ringrazia tramite ciò che ha: un gallo, il vento, gli alberi e perché no: le campane e una bottiglietta di minerale!"
Dette queste parole e salutato John con un sincero abbraccio, Letizia uscì dal casolare sparendo per sempre così, com'era apparsa.
Dopo circa una settimana l'aereo riportò John in America dai suoi familiari con dentro quel dolore che solo colui che perde un fratello può provare ma con un senso di fierezza per ciò che aveva vissuto il giorno che "il gallo cantò e il vento carezzò le spighe".
Il pensiero di John si soffermava spesso su quel piccolo cimitero di campagna dove giaceva in pace Conrad e non appena arrivò nella grande mela sentì forte il bisogno di pregare il buon Dio e di accendere una candela nella vicina chiesa della sua città.
E dopo il giorno arrivò la notte.

Essa trascorse lenta in quel piccolo cimitero di campagna e il successivo giorno venne preannunciato dai raggi dorati dell'alba che, come in un gioco magico illuminarono la pietra lapidea della tomba di fronte a quella di Conrad e un nome infuocato dai raggi del sole, si illuminò tutto attorno.
Un nome appunto magico e pieno di grazia.
Quello di Letizia.

FINE

Fonti:

Il materiale storico riguardante Auschwitz e le guerre mondiali è stato acquisito grazie agli anziani della casa di riposo "Lunga Gioventù" e di "Villa le Volte" negli anni passati come loro assistente di base.
Il materiale riguardante il Mostro di Firenze è stato acquisito da giornali dell'epoca (La Nazione, Corriere della Sera) e da racconti di alcuni abitanti dei luoghi interessati.
Il materiale inerente Falcone e Borsellino, l'11 settembre e Nassyria è tratto da Google ed è stato riadattato dall'autore estrapolendone le principali notizie storiche.
Il materiale riguardante il Colosseo con i suoi Gladiatori è stato gentilmente offerto dall'amico Riccardo guida turistica della Città Eterna.

Finito di stampare nel mese di Ottobre 2014
per conto di Youcanprint *self - publishing*